KB158088

빛의 속성을

가지고 있는 너에게

"길을 잃기 쉬운 세상에서,
누군가의 빛이 되어주고 있는
모든 U들에게 바칩니다."

* 함께 들으면 좋을 BGM

아이유 「아이와 나의 바다」(2021)

「Love poem」(2019)

스탠딩 에그 「VOICE」(2016)

※ 노랫말과 함께 음미하며 '책을 듣고 노래를 읽으면' 더 좋습니다.

| 일러두기 |

한글 맞춤법을 기본으로 하되 일부 표현은 저자 고유의 글맛을 살려 표기하였습니다.

박시은 에세이

아이콤마

작가의 말

— 사랑해.

사랑한다는 말은 듣기만 해도 간질간질합니다. 가볍디가벼운 깃털이 온몸을 살살 문지르는 것 같달까요.

살면서 우리는 많은 영향을 주고받습니다. 그건 분명 같은 때에 일어납니다. '나'는 '너'에게 영향을 줌과 '동시에' 영향을 받습니다. 관계란 그런 거죠. 그래서 조심스럽고, 또 매우 중요합니다.

여기서 더 나아가 '어떤 영향을 주는가?'도 중요하죠. 상대가 어떤가에 따라서 '나' 자신이 어떤 영향을 받고 있는지, 또 어떻게 변화해 가는지를 느껴보면 알 수 있습니다. 좋지 않은 영향이라면 끊어내는 것이 중요하겠고 좋은 영향이라면 이어나가는 선순환이 중요하겠죠.

당신이 이 책을 읽는 동안
그리운 친구들을 떠올려 봤으면 좋겠고,
새로운 친구들도 만날 수 있으면 좋겠습니다.
재미있게 느끼면 좋겠고,
조금은 웃었으면 좋겠습니다.
무엇보다 이 책으로부터 좋은 영향을 받고,
동시에 좋은 영향을 주신다면 더욱 좋겠습니다.

이만큼 살면서 고마운 친구들을 많이 만났습니다. 그 친구들에게 사랑한다는 말을 보냅니다. 여러분에게도 사랑한다고 말하고 싶습니다. 간지러워도 조금 참아주겠어요?

그리고 이렇게 이야기하고 싶습니다.

당신은,
나에게,
영원한 선물이라고.

— 박시은

차례

✦ 이야기, 둘 /

너와 함께 있으면 그냥 이유 없이 좋아

이야기, 셋 /

항상 너와 함께 하고 싶어

이야기, 넷 /

우리, 잘 살고 있는 거겠지?

✦ 이야기, 다섯 /

나의 고백들, 반가운 너의 목소리

이야기,
하나

우리는 언제부터
친구였을까?

같이 자란다는 것

새로운 화분을 고이고이 가꾸는 게 사랑이라면, 우정은 흙에 같이 씨앗으로 들어가 함께 움터가는 것. 서로의 성장을 응원하는, 곁에서 묵묵히 지켜보는 사이.

초코맛 쌍쌍바 아이스크림을 반으로 가를 때
큰 쪽을 기꺼이 건네주고 싶은,
반대로
"큰 거, 내가 먹을래!"
"싫엉! 작은 거 네가 먹어!"
하고 귀엽게 장난칠 수도 있는.

내가 아끼는 걸 원한다면 기꺼이 내어줄 수 있지만,

너는 그걸 알기 때문에 굳이 달라고 하지 않는.

가면을 쓸 필요가 없고,

힘든 마음을 속에 꾸욱 눌러 담을 필요도 없고,

부모님께도 말하지 못한 것들을 모두 털어놓을 수 있는.

조금 이기적으로 굴어보려고 해도

실상은 서로가 이기적이지 않은.

양보와 투정과 이해의 삼박자를 자연스럽게 나눌 수 있는 사이.

우리는 같이 자라고 있었다.

첫 가출

아홉 살, 어느 여름날 밤. 나는 가출했다. 지금까지 만났던 친구들 그 누구한테도 털어놓지 않았던 일이다. '털어놓을' 정도로 거창한 일은 아니긴 하지만.

아빠는 야근하시는 날이어서 집에 안 계셨다. 저녁에 내가 뭔가를 잘못했는지 엄마한테 잔뜩 혼이 났다. 무엇을 잘못했던 건지 기억이 전혀 안 나는데, 아무튼 잘못하긴 했나 보다. 그런데 인정을 안 했던 것 같다. 엉엉 울면서 엄마한테 바락바락 반항을 하다가 소리를 질렀다.

"나, 집 나갈 거야!"

그랬더니 엄마는 "그래! 그럼 나가!"라고 소리를 지

르셨다. 순간 잘못 들은 줄 알았다. 난 다시 소리를 질렀다.

"……. 나 정말 집 나갈 거라니까?"

"그래! 가라고!"

울면서 일어났다. 책가방을 열고 주섬주섬 옷을 챙겨 넣었다. 그리고 돈도 챙겼다. 그동안 동전을 모아두었던 돼지저금통이랑, 조그마한 지갑이랑, 비상금을 담아두었던 흰 종이 봉투까지 책가방에 다 넣고, 현관문 빗장을 열고 나갔다. 현관문 손잡이를 돌릴 때, 혹시라도 붙잡히지 않을까 기대했지만 엄마는 붙잡지 않으셨다.

눈물 젖은 얼굴로 바깥에 나온 순간, 울음을 그쳤다. 계단을 걸어 내려가며 '정신 바짝 차려야 해'라고 되뇌었다. 그렇지만 고작 아홉 살짜리가 대체 어디를 가겠는가. 친가도, 외가도 먼 시골이라 당장 갈 수 없었고, 당시에는 지방에 갈 때 아빠 차만 탔었기에 고속버스 타는 방법도 몰랐다. 게다가 그때는 휴대폰도 없던 때여서 아무에게도 연락을 할 수 없었다.

집 근처 놀이터로 향했다. 놀이터에는 아무도 없었다. 그네를 타며 다리를 흔들흔들 움직였다. 그러다 바닥에 주저앉아서 저금통이랑 비상금 봉투를 꺼냈다. 돈이 총 얼마 있는지를 세어 보았는데, 지갑에 들어 있는 것까지 더했더니 7만 원이 조금 넘게 있었다. 그 액수가 아직도 기억이 나는 이유는 '행운의 7이네'라고 생각했기 때문이다.

흰 종이 봉투를 꼬옥 쥐었다.

'아껴 써야 해.'

어린 나이였는데도 돈의 중요성을 알긴 알았나 보다. 돈을 쪼개서 잘 써야겠다고 생각했다. 여름이니까 춥지는 않고, 잠은 놀이터에서 자면 되고. 밥은 먹어야 하겠는데……. 최대한 아껴 써야 하니까 밥보다는 과자를 먹고 살기로 했다. 그때 난 새우깡을 좋아했는데 '하루에 물 작은 거 한 통이랑 새우깡 한 봉지만 먹으면서 지내자'라고 다짐했다. 어떻게든 오래 버티려던 걸 떠올리니까 어이없기도 하고, 귀엽기도 하고.

아쉽게도 그날의 가출은 한 시간도 안 되어 끝이 났다. 옆집 친한 아주머니가 놀이터에 왔기 때문이다. (내가 집을 나오자마자 엄마는 바로 옆집을 찾아가 부탁했던 것 같다. 딸 좀 따라가서 지켜봐 달라고.)

아주머니는 내 손을 꼭 잡더니, 가까운 슈퍼마켓으로 이끌었다. 먹고 싶은 걸 고르라 하시길래 나는 계획(?)대로 새우깡이랑 물을 골랐다.

"다른 거 또 먹고 싶은 거 없니? 더 골라도 돼."

"저, 돈 아껴 써야 해서 이거 먹어야 돼요. 다른 거 먹으면 안 돼요."

단호하게 말하자 아주머니는 웃음이 터지셨다.

"아이고……. 이거 내가 사주는 거야. 더 골라 봐."

계속 괜찮다고 했지만 아주머니는 빨리 더 골라달라고 애원(?)하셨다. 나는 마지못한 듯 몇 가지를 더 골랐다. 그렇게 한 손에는 검은 비닐봉지, 한 손에는 아주머니 손을 잡고 집을 향해 타박타박 걸었다.

입이 비죽 나온 상태로 초인종을 눌렀다. 엄마는 여전히 엄한 표정이었지만 안으로 들어오라 하셨다. 난 다시 놀이터로 가야 하나 생각하고 있었는데. 집으로 돌아온 자식을 내치는 부모님이 과연 어디 있겠느냐만…….

내 생애 첫 가출은 그렇게 싱겁게 끝났다. 돼지저금통과 비상금은 원래 있던 자리에 돌려놓았다. 그리고 방에서 새우깡 봉지를 뜯어 아그작아그작 씹어 먹기 시작했다.

첫 가출은 짭조름한 맛이었다.

아끼던 머리띠

남들이 보기엔 사소한 것 같은데 '나'한테는 절대 사소하지 않은 물건이 있다. 하지만 그런 물건은 어느 날 꼭 망가져 버리고 만다. 그것도 타인에 의해서, 아주 잠깐 사이에. 이걸 '망가짐 플래그(암시, 복선)'라고 해야 하나.

그래도 어렸을 적에 아끼던 물건을 떠올리자 빙그레 웃음이 나오는 걸 보면, 아쉬움이 별로 남지 않은 걸까. 아니, 아쉬움이 있긴 있지만 "하하" 하고 웃으며 기꺼이 보내주겠다는 마음인지도. 잔잔한 미소가 나올 때야말로 진정 놓아준 거라던데. 그게 무엇이든 간에.

어린 시절, 나도 끔찍하게 아끼던 물건이 있었다.

바로, 머리띠.

나는 부모님께 무엇을 사달라며 떼를 쓴 적이 단 한 번도 없는데 유일하게 사달라고 먼저 말했던 게 그 머리띠였다. 그 머리띠는 전체적으로 하얀 진주 구슬이 송송송 얽혀 있어서 우아해 보였다. 또 반짝이는 보석들(물론 가짜 보석이다)이 귀 부분 아래쪽까지 길게 늘어뜨려져 있어서 머리에 쓰면 마치 귀걸이까지 한 듯 보였다. 반짝반짝 빛나는 게 왜 그리 예뻐 보이고 마음에 들었는지.

조그마한 손으로 꼭 쥐고 부모님께 들고 가서 "나, 이거 사줘"라고 말했다. 부모님은 놀라셨다. 그렇게 말한 나도 놀랐다. 내가 뭔가를 사달라고 말하다니……. 사랑을 받고 싶은 물건들은 자기 주인을 기막히게 알아보고 강하게 홀리는가 보다.

유치원을 다니던 때, 충북 음성 꽃동네에 간 적이 있었다. (음성 꽃동네는 장애인 복지시설로, 지체장애인들이 살고 있는 곳이었다.) 엄마는 가끔 봉사활동을 하러 가시곤 했는데 하루는 나를 데리고 가신 것이다. 아끼던 머리띠를 하고 집을 나섰다. 어딜 가는지 잘 모르던 때였으므로 엄마 옆을 졸졸 따라다니기만 했다.

잠깐 엄마가 자리를 비운 사이, 한 장애인이 내게 다가왔다. 내 또래였을까? 나보다 나이를 약간 더 먹은 정도의 남자아이라서 별로 경계하지는 않았다. 아이는 입을 열어 무슨 소리를 냈다. 뭔가 말을 한 것 같은데 잘 알아듣지 못했다. 자세히 들으려고 귀를 그 아이 얼굴 쪽으로 가까이 가져다 댔다.

"뭐라고? 다시 말해줘."

그런데 아이는 별안간 내가 쓰고 있던 머리띠 한쪽을 낚아채며 잡아당겼다. 나는 머리띠를 뺏기지 않으려고 손으로 재빨리 붙잡았는데, 그 아이는 힘을 더 세게 주며 잡아당겼다.

순간, 머리띠에 달려 있던 끈이 뚜두둑-, 소리를 내며 끊어졌다.

그와 동시에 진주 모양 장식들이 와르르 쏟아져 내렸다. 반짝이던 보석들까지 모조리 바닥에 흩뜨려졌고 머리띠는 두 동강이 났다. 당황한 나는 소리를 질렀고 울먹이는 목소리로 엄마를 찾았다.

"엄마! 엄마아! 얘가, 얘가 내 머리띠를……."

그때 어디선가 수녀님들께서 나타나셨다.

"아가, 많이 놀랐니? 괜찮아, 괜찮아."

수녀님들은 놀란 나를 토닥이며 달래주셨고, 머리띠를 망가뜨린 남자아이도 달래셨다. 나는 눈에 눈물이 그렁그렁 맺힌 채로 수녀님들을 바라보았다. 그리고 무심코 이렇게 생각했다.

'와아……. 천사 같아…….'

어린 눈에도 대단하신 분들이라고 느꼈던 것 같다. 얼굴에서 빛이 나는 것 같다고도 생각했다. 수녀님들은 날 다독여주신 후 홀연히 사라졌다. 돌아온 엄마는 바닥에 처참히 떨어져 있는 진주와 보석들을 전부 그러모아서 내 가방에 담아주셨다.

고칠 수 없을 정도로 망가졌지만 '천사들'의 위로가 와 닿았는지 그날만은 조금 덜 속상했다. 하지만 다음 날이 되자 엄청나게 속상해지고 말았다. 남자아이가 일부러 그런 게 아님을 아는데도.

부모님은 머리띠를 새로 사주겠다고 하셨지만 어디에서도 그만큼 예쁜 것을 찾지 못했다. 만지작거리다 내려놓기만 반복했다. 수많은 머리띠를 머리에 쓰는 동안 머리는 점점 커졌다. 한 자릿수였던 나이가 두 자릿수로 바뀌었을 때는 '이제 유아용 머리띠는 더 이상 착용할 수 없나? 어차피 그 머리띠를 갖고 있어도 쓸 수 없겠지?' 하고 이성적으로 생각하려고 애썼다. 그럼에도 마음에 드는 머리띠 찾는 일을 포기하지 못해서 매번 새로운 것들을 살폈다.

심지어 지금도 액세서리 숍을 갈 때 가장 먼저 머리띠 코너로 눈이 가는 걸 보면, 이게 습관인지, 애정인지, 아쉬움인지 좀 헷갈리기는 한데……. 이것만큼은 확실하다. 망가짐 플래그는 어쩔 수 없었지만 덕분에 새로운 천사들을 만나보았다는 것. 그만큼 또 새로운 물건들과 아이 콘택트eye contact를 할 기회가 생긴다는 것. 앞으로도 다양한 것들을 만날 수 있다는 것. 모든 끝은 시작이라서.

세상은 넓고 머리띠는 많다.

"

타인이 보기엔 별거 아닌 물건이지만

나한테만큼은 달랐던 것,

정말 소중했던 것.

무엇이 있었니?

"

불면증

힘내, 라는 말을 아무리 들어도 힘이 나지 않는 때가 있다. 힘이 대체 뭔데. 얼마나 내야 하는 건데. 얼마나 '버텨야' 되는 건데. 조금 답답해서 창문을 연다. (과연 정말 조금일까?) 새벽 공기를 들이킨다. 혼자 새벽을 누린다는 생각에 뿌듯했다가 다들 자고 있으리란 생각에 외로움에 젖는다. 폐가 무겁다. 잠을 잘 '못 자는' 건지, 잠을 '잘못 자는' 건지, 그 간극이 얼마만큼인지 가늠이 되지 않는다. 탁! 불을 끈다. 손을 포갠다. 맥박은 여전히 뛰고 있다. 야광별이 희미하게나마 빛난다. 어둠은 그저 배경일 뿐. 힘이란 건 쥐어짠다고 나오지 않는다. 그래서 꾸욱 삼키듯이 잔다. 또 꿈이 뒤엉키리란 걸 알지만, 그래도.

오늘도 시계는 움직이고 바람은 스쳐가고 달빛은 선명해진다.

반장과 왕따, 그 사이

당해본 적 없는 사람은 평생 모를 감정들. 잠들었을 때 그대로 눈을 뜨지 않고 영원히 잠들었으면 좋겠다, 싶은 기분. 날 접어버릴 수 있다면 반으로, 반으로, 또 반으로 접고 싶은 기분. 계속계속 내 크기가 줄어들어서 작은 점이 되었다가 팟- 하고 소멸되었으면 좋겠다, 싶은 기분.

초등학교를 졸업할 즈음 난 원하던 중학교로 배정을 받았다. 하지만 초등학교 때 친하게 지냈던 친구들은 아무도 이 중학교를 배정받지 않았다. 혼자만 떨어져서 속상했다.

우리 중학교는 남녀공학이었고 한 반 인원은 35명에서 40명 정도였는데, 내가 배정된 반에서는 나를 포

함한 세 명만이 우리 초등학교였다. 그래서 다른 초등학교를 나온 아이들의 텃세에 눌렸다. 그 셋이서 같이 다니면 되는 거 아닌가, 싶겠지만, 한 명은 남자애였고(그 나이에 이성과 다니면 놀림받기 일쑤라 친해지기가 어려웠다. 인사를 먼저 건네 봐도 그 애가 피해 다녔다), 또 한 명은 처음 보는 여자애였는데 너무나 의기소침하고 특이한 애였다. 항상 눈의 초점이 먼 곳에 가 있었고 혼자 다니려고만 했다. 그렇다 보니 나는 초반부터 혼자가 되고 말았다.

씩씩하게 등교를 했다. 반 아이들하고 최대한 잘 지내고 싶은 마음에, 용기를 내서 먼저 말도 걸었다. 하지만 그 나이대 아이들이 그리 착하지는 않다는 것. 자기들의 우정을 깨뜨릴까 봐 싫어하는 게 보였고, 다른 초등학교를 나왔다는 사실만으로 배척하는 게 느껴졌다. '그 나이에도 학연 엄청 따지는군' 싶다. 지금 아이들도 그럴까?

첫날부터 꾸준히 노력했다. 인사도 먼저 하고, 친하게 지내고 싶다고 말하면서, 반 아이들에게 온몸으로 다가갔다. 그럼에도 이미 형성되어 있는 끈끈한 사이를 비집고 들어갈 수가 없었다.

외로워지기 시작했다.

그러다 반장과 부반장을 뽑는 날이었다. 나는 자진해서 반장에 지원했다. '너희들하고 잘 지내고 싶다'는 인상을 강하게 남기고 싶었다. 어차피 다른 여자애가 뽑힐 것 같았다. 그 애는 요즘 말로 '핵인싸'였으니까.

그런데 투표 결과, 내가 반장이 되어버렸다. 딱 한 표 차이로 핵인싸 여자애는 부반장이 되었다. 펼칠 투표용지가 바닥난 순간에 핵인싸 여자애의 얼굴이 구겨지는 걸 봤다. 한 표 차이로 졌으니 자존심이 상한 거였을까. 난 반장이 되었다는 기쁨도 잠시, 조금 미안했다. 한편으로는 반 아이들과 더 잘 지낼 수 있을 것 같아 좋았다.

학교가 끝나고 집으로 향하는 길. 혼자 기분 좋게 걸었다. 빨리 부모님한테 반장이 되었다고 말씀드리고 싶었다. 그때만 해도 휴대폰이 없어서 바로바로 의사소통을 할 수가 없었기 때문이다. 그랬다. 그때는 '폰'이라는 게 없는 세상이었다. 이제는 폰이 없으면 답답하고 고립되는 느낌인데.

그런데 누가 자꾸 따라오는 것 같았다. 흘낏 뒤를 돌아보니 나랑 똑같은 교복을 입은 여자애들 세 명이 열 걸음쯤 뒤에서 걸어오고 있었다. 모르는 얼굴들이었다. 다시 앞을 보고 걸어가는데, 느낌이 영 이상했다.

'나랑 같은 초등학교를 나온 애들은 아닌 것 같은

데. 그럼 이쪽 길로 안 갈 텐데?'

아니나 다를까. 사람이 없는 한적한 골목길이 나오자 그 셋은 뒤에서 날 불렀다.

"야! 너, 거기 서봐."

"……."

무시하고 약간 더 빨리 걸었다. 그러자 애들이 더 크게 불렀다. 뛰어오는 발소리까지 들렸다.

"야! 거기 서보라고! 안 들리냐?"

우뚝 서서 뒤를 돌아보았다. 세 명은 어느새 내 바로 뒤에 와 있었다. 이름표 색깔을 보니 셋 다 파란색. 나랑 같은 1학년들. 심장이 뛰기 시작했지만 아무렇지 않은 척하며 물었다.

"나 부른 거야?"

"어, 너. 귀먹은 줄 알았네. 미친년."

"……."

순간,

뭔가가 가슴에

콱-

하고 박히는 느낌이었다.

미친년, 이라는 단어를 생전 처음 들었으니까.

그때까지만 해도 난 '착한' 친구들과 지냈기에 욕을 쓰지도, 듣지도 않았다. 갑자기 저렇게 거친 공격이 들어오니 어떻게 대꾸해야 할지 몰랐다. 왜 욕을 하는지 묻자 그 애들은 비웃는 표정으로 바닥에 침을 뱉었다.

"반장 되니까 좋냐? 어? 좋냐고."

"왜 그렇게 깝치냐?"

그게 이유였다.

내가 반장이 되었다는 것이 그리 짜증이 났는지, 셋은 온갖 쌍욕을 쏟아부었다. 처음 듣는 심한 욕설들. 결국 눈물이 흘러나오고 말았다. 울음소리는 내지 않고 꾹꾹 삼켰다. 셋은 멈추지 않고 한참 욕을 퍼부었다. 눈물은 소매로 닦아도, 닦아도 계속 나왔다. 교복 소매가 잔뜩 축축해졌다.

눈물이 뒤범벅인 채로 20분쯤 지난 것 같다. 학교생활 똑바로 하라고 하더니 셋은 뒤돌아서 가버렸다. 나는 그때부터 크게 엉엉 소리 내 울면서 집으로 향했다. 지나가던 사람들이 다 쳐다봤는데도.

살면서 들을 욕을 그때 다 들은 것 같다. 내가 그때까지 너무 '순둥이'처럼 자란 거였을까? 대꾸를 못한 내가 바보 같지만, 말주변이 없는 건 어쩔 수 없는 거다. 지금도 나는 말싸움을 잘 못한다. 왜 그 자리에 가만히 있었느냐고 묻는다면, 당황스러웠으니까. 얼어

붙어 있었으니까.

단어 하나하나가 전부 상처였다. 욕이란 건 그런 거다. 상대방의 마음에 온통 생채기를 내는, 혼잣말로 내뱉어도 주변 사람들에게 기름 튀듯 튀어와 데이게 하는. 점점 상처가 깊어지고, 흉터가 되고. 지금까지도 그때의 일이 생각이 나는 걸 보면……. 그렇게까지 욕을 해야만 했는지.

울면서 집에 들어가자 난리가 났다. 얼굴과 눈이 퉁퉁 부어 있는 날 보며 부모님은 매우 노하셨지만, 학교생활에 관여했다가는 오히려 내가 더 힘들게 지낼까 봐 학교에 따로 연락하시진 않았다. 그때 나는 계속 "무서워"라고 말했고, 마침 이웃 중에 같은 학교에 다니는 3학년 언니가 있어서 등교를 가끔씩 같이 하기로 했다.

그 여자애 세 명은 핵인싸 부반장의 친구들이었다. 다른 반이어서 이름조차 알 수 없었다. 부반장이 시킨 건지, 부탁한 건지, 아니면 그 애들이 자의적으로 쫓아온 건지는 모르지만, 그날 이후로 나는 엄청 몸을 사렸다. 아이들에게 미움받고 싶지 않았기 때문에.

나는 반장이 됨과 동시에 왕따가 되었다.

참 아이러니하다. 두 가지가 동시에 될 수 있다는 게.

핵인싸 부반장의 친구들은 여기저기서 나를 주시했다. 사방에 눈이 깔려 있는 것 같았다. 담임선생님이 나만 불러서 어떤 심부름을 시켜도 부반장은 그 내용을 다 알고 있었다. 무서웠다.

대부분의 시간이 혼자였고 매일매일 눈치를 봤다. 내 물건들은 가끔 사라지거나 이상하게 망가져 있었다. 심증은 있는데 물증은 없고, 난 반장인데도 힘이 없고, 말싸움도 못하고. 집에 갈 때도 무서워서 매번 빠른 걸음으로 걸었다. 아무것도 안 했는데 학기 초부터 이렇게 되다니…….

하루하루가 괴로웠다. 집단이 무섭다는 걸 그때 처음 깨달았다. 혼자라서 '외로운' 정도가 아니라 '괴로웠'다. 단체 수련회를 갔을 때도, 애들은 내가 쓸 수 있는 이불도 베개도 없으니 밖에 나가서 자라고 했다. 쌀쌀한 날이었는데 바깥에서 쪼그려 기다리다가 결국 감기에 걸렸고, 열이 펄펄 끓는 상태로 집에 돌아왔다. (그래도 한 친구가 자기 옆에서 자라고 해준 덕분에 방에서 자긴 했지만 이미 감기는 걸린 상태였다.) 초등학교 때 친했던 친구들이 다니고 있는 중학교로 전학을 가고 싶다는 생각을 많이 했다. 하굣길에는 '내일 학교는 어떻게 가지……' 싶고, 등굣길에는 '오늘은 아무 일 없길……' 빌고.

그나마 내가 키가 크고 피지컬이 좋아서 다행인 것 같기도 하다. 누군가 신체적으로 해를 가하는 건 전혀 없었기 때문이다. 이걸 다행이라고 말해도 되는 건지는 의문이지만. 신체적으로 해를 가하지 않는다고 해서 폭력이 아닌 건 아니니까.

지금도 학교 폭력 기사를 보면 심장이 벌렁거린다. 얼마나 힘들까. 얼마나 아플까. 속상하다. 그런 상황에 놓였을 때는 어떻게 해야 하는 걸까? 지금 생각해 봐도 모르겠다. 이겨낼 수 있는 학생이 정말 있나? 상황을 뒤집어 버릴 수 있을 만한 게 있긴 있나? "학교 폭력, 멈춰!" 캠페인이 정말 최선인가? 애초에 답이 있기는 한가? 수많은 질문들 사이에서 헤매게 된다. 누가 속 시원히 답을 제시해주면 좋으련만. 참고서조차 존재하지 않는 문제라니.

하루하루가 힘겨웠던 때를 돌이키니 조금 먹먹해진다.

"

집단 속에서 혼자 고립되는 기분, 알아?

주변에 혼자로 보이는 사람이 있다면

조금만 손을 내밀어 줄 수 있니?

"

아프면 아프다고 해도 괜찮아

꼭 있다. 엄청 아픈데 하나도 안 아프다고 거짓말하는 사람. 내가 그랬다. 한참 어렸을 때부터 나는 '안 아픈 척'을 했다. 항상 괜찮다고 했고, '이 정도'면 버틸 만하다고 생각했고, 평소에도 나보다 더 아픈 사람 많을 거라고 생각했다. 그랬다. 그랬었는데…….

친한 친구인 U가 나한테 '화낼뻔'한 모습을 딱 한 번 본 적 있다. 단 한 번도 U가 화를 내는 모습을 본 적이 없는데 그날이 유일하게 화를 낼뻔한 날이라 기억이 난다.

우리는 지금까지 싸운 적이 단 한 번도 없었다. U도 나도 '심심한' 성격들이기도 해서. 무를 푹 익히며 국을 끓였는데 어째 좀 순하고 심심한 뭇국 같은.

나는 보통 감정을 '숨기는' 편이었다. 반장으로 뽑히고 욕을 잔뜩 먹게 된 후, 주변 사람 눈치를 많이 보게 되면서 숨기는 데 급급해졌던 것이다. 하지만 U는 항상 감정을 '다잡았던' 것 같다. 흐트러지지 않게, 평온하게. 스스로의 마음을 잘 표현하면서도 상대방을 이해하려고 하면서 최대한 부딪히지 않는 사람. 새삼 신기하다. 질풍노도의 시기에 그게 가능한 청소년이 얼마나 있을까.

중학교 2학년, 봄에서 여름으로 넘어가는 계절이었다. 종례 후 2학년 동기들만 방송부실에 모였다. U는 그날 청소 당번이라 조금 늦는다고 했다. 우리는 하교 음악 방송을 하며 U를 기다리는 중이었다.

그날은 날씨가 화창했다. (방금 깨달았는데, 나는 신기할 정도로 어떤 날의 날씨 기억을 정말 잘하는 것 같다.) 난 창문 밖을 바라보면서 우리 학교 정원을 감상하던 중이었고, 동기들은 각자 소파나 의자에 앉아 숙제를 하거나 쉬면서 간간이 얘기를 나누는 중이었다.

대화 주제는 어쩌다 보니 '자살'로 흘러갔다. 무거운 주제였지만 당시에는 호기심이 더 컸나 보다.

누군가 이런 질문을 던졌다.

"최소 건물 몇 층에서 뛰어내려야 완벽하게 죽을까?"

한 번도 생각해 본 적 없는 주제였다.

"그건 몸무게마다 다른 거 아닌가?"

"그런가?"

"거의 다 똑같은 거 아닌가?"

"그런 얘길 뭐하러 해. 끔찍하게."

"어차피 뛰어내려서 죽을 거면 확실하게 층수를 정해야 하는 거 아니야? 어디 애매하게 다쳤다가 회복 안 되면 어떡해."

다들 각자 생각을 말하고 있었다. 고등학생이었다면 물리 법칙으로 계산했을지도 모르겠지만 그런 것까지 계산하기엔 아직 어렸으니까. 그러다 주제가 바뀌었다.

"그러면 창문에서 뛰어내렸을 때 아예 안 다칠 수 있는 최대 층수는 몇 층일까?"

다들 말을 멈추었다. 1층은 안 다칠 것 같고, 2층도 안 다치려나? 3층은 어딘가 다칠 것 같은데? 그러다가 말씨름이 시작되었다. 2층에서 최대한 안전한 자세로 뛰어내렸을 때 '안 다칠 수 있다'와 '무조건 다친다'의 의견이 충돌한 것이다. 우리는 다 같이 일어서서 방송부실 창문 아래를 내려다보았다.

그때 처음 인지하게 되었는데, 방송부실은 1.5층 정도 되는 높이였다. 2층은 확실히 아니었다. 아래층이 완전한 지하가 아니라 반쯤 지상으로 올라온 지하층이었기 때문이다.

건물 바깥 바닥 쪽은 화단이었다. 푹신한 흙에 풀 — 정확히 말하자면 잡초에 가까운 — 이 무성하게 자라나 있었다. 그때 누군가 말했다.

“여기서 뛰어내리면 다칠까, 안 다칠까?”

다들 궁금해하고 있는데 또 누군가 “한번 뛰어볼 사람?”이라고 말했다. 여기서 뛰어보자고? 그런데 한 명이 내 얼굴을 보며 “한번 해볼래?”라고 했다.

“어? 나? 여기서 뛰어보라고?”

“응, 너 운동 잘하잖아.”

다들 “맞아, 너 체육도 잘하잖아!”, “구기대회 때 보니까 장난 아니던데” 하며 맞장구를 쳤다. 나는 음, 하고 고민하며 창문 아래를 내려다보았다.

‘별로 높아 보이지도 않고 바닥에는 풀이 깔려 있으니까, 이 정도 높이면 안 다칠 것 같은데…….’

그때 한 명이 자극했다.

“못 뛰겠지? 다칠까 봐 무섭지?”

그 애가 아니었어도 혼자 궁금해하면서 어떻게 할까 고민했을 것 같기도 한데, 옆에서 그런 식으로 자극하니 오기가 생겼다. 난 어이없다는 듯이 대답했다.

“야, 이 정도면 절대 안 다쳐.”

"무섭지? 무섭잖아. 못 뛰겠지? 겁나지? 응?"

"겁 안 나."

"그럼 뛰어봐! 못 뛸 거면서."

순간 울컥해 버린 나는,

보란 듯이 의자를 밟고 창틀로 올라가,

그대로 아래로

뛰

어

내

렸

다.

순식간이었다.

하필이면 화단 가장자리에 있는 두꺼운 회색 콘크리트에 오른쪽 발뒤꿈치가 세게 부딪히며 착지했다. 순간 "악……." 하는 고통의 소리가 새어나왔다. 한쪽 무릎을 꿇고, 마치 기사 작위를 받는 듯한 자세로 웅크리고서 발을 꽉 잡았다. 그 와중에 했던 생각은

'아……. 안 다칠 수 있었는데…….'

였다. 눈물이 나진 않았다. (뛰어내리기 직전에 '교복 치마가 뒤집히진 않겠지?'라고 생각했는데 정말 잠깐이라

뒤집히진 않았다.)

창문에서 날 보고 있던 동기들은 "괜찮아?"하며 이구동성으로 물었고, "못 뛰겠지? 겁나지?"라고 하며 도발했던 애는 "야! 왜 진짜 뛰냐? 난 그냥 장난친 건데!"라고 했다. 그 애가 정말 장난이었는지, 과연 미안해했는지는 모르겠지만.

난 동기들 얼굴을 올려다보며,

"이 정도 높이면 안 다치네, 뭐!"

라고 허세를 부리듯 말했다. 사실 엄청 아팠지만 티를 내고 싶지 않았다. 아픈 티를 내는 순간 지는 것 같아서.

아무렇지 않은 척 일어서려는데 오른쪽 발에 힘이 아예 들어가지 않았다. 이를 꽉 물고, 왼쪽 발로 어떻게든 중심을 잡으며 일어나려 했지만 쉽지 않았다.

어느새 동기 한 명이 옆에 와 있었다. 다친 거 아니냐고 묻길래 "발이 좀 아프긴 한데 괜찮아"라고 말했다. 동기는 내 교복에 묻은 흙을 톡톡 털어주었다. 나는 어금니를 꽉 물고 일어나서, 최대한 멀쩡한 척하며 걸어보기 시작했다. 조금씩 절뚝거리는 건 어쩔 수 없었지만.

방송부실로 다시 돌아가는 중에 복도에서 U와 마주

쳤다. U는 대뜸 물었다.

"어? 걸음이 왜 그래?"

"그냥, 발목을 좀 삐어서……."

"어디서?"

"저기 뒤에 화단에서."

"화단에서 발목을 왜 삐어?"

"어쩌다 보니까……."

U는 의아하다는 표정을 지었다.

그 사이 교복을 털어준 동기는 먼저 방송부실 안으로 들어갔다. 난 천천히 U랑 방송부실 안으로 들어가려고 했는데, 안쪽에서 동기들이 말하는 게 들렸다. "왜 그랬어!"하며 서로를 책망하는 목소리였다. "여기서 왜 뛰라고 한 거야?", "어디 진짜로 다친 건 아니겠지?", "괜찮아 보이던데?" 그런 얘기들을 하고 있었다. U는 그걸 들었는지 우뚝 걸음을 멈추었다. 그러더니 나를 빤히 쳐다보았다.

"설마 창문에서 뛰어내렸어?"

"……."

U의 눈은 잔뜩 화가 나 있었다. 난 대답을 못했다. 한소리 들을 것 같아서. 물론 나한테 화가 난 게 아니었다는 걸 알지만.

U는 다시 물었다.

“정말로 뛴 거야?”

“…어…….”

참 우습다. 별거 아닌 도발에 넘어가고, 괜히 허세 부리다가 다치고. 아, 대체 왜 뛰어내렸지? 뭐에 홀렸나? 무성한 풀 사이에 뭔가가 있었을지도 모르니 정말 위험할 수도 있었는데. 자책하기 시작하니 아픔이 더 크게 느껴졌다. U의 눈은 걱정하는 눈빛으로 바뀌었다.

“대체 왜 뛴 건데……. 괜찮은 거야?”

“…….”

“말해봐…….”

“……. 그냥… 흙이라서 뛰어도 괜찮을 줄 알았는데… 옆에 콘크리트 같은 것에 부딪혀 가지고…….”

“뭐? 다친 거지? 봐봐.”

“아냐, 괜찮아.”

“지금 엄청 아픈 거 아니야?”

“아냐, 아냐. 안 아파.”

“하아…….”

U는 크게 한숨을 쉬었다. 그 숨소리는 가슴 깊숙한 곳에서 끌어온 것처럼 들렸다. U가 뭔가를 꾹 삼킨 듯한 목소리로 말했다.

“왜 눈치를 봐…… 아프면 아프다고 해도 괜찮아…….”

그 말에 심장이 타종 당한 듯 쾅, 울렸다. "아프면 아프다고 해도 괜찮아"라는 말이, 그렇게 강력하게 들릴 줄 몰랐는데.

몇 초간 침묵하다가 주먹을 꽉 쥐고 말했다.

"……. 응. 사실 지금 엄청 아파……."

"병원 가야 하는 거 아니야?"

"어, 그래야 할까 봐……. "

마침 방송부 담당 선생님이 오셨다. 난 발을 좀 다친 것 같다고, 아파서 먼저 가고 싶다고 했다. 선생님은 그러라고 하셨다. U가 따라오려는 것 같았지만 난 기어코 혼자 가겠다고 했다.

발이 얼마나 부었는지, 신발로 갈아 신을 수가 없었다. 아예 들어가지 않았기 때문이다. 결국 교실 실내용 슬리퍼를 신은 채 집으로 향했다. 버스를 타고 어찌어찌 갔는데, 집에 도착해서 스타킹을 벗어보니 오른쪽 발에 시퍼렇게 피멍이 들어 있었다. 이 피멍이 다 빠질 수는 있을지 걱정될 정도로 발 전체를 뒤덮은 채였다.

부모님한테는 도저히 사실대로 말할 수가 없었다. 계단을 뛰어 내려가다가 삐끗해서 넘어졌다고만 했다. 즉시 엄마와 함께 병원을 갔다. 엑스레이를 찍어보니 뼈에는 이상이 없다고 나왔다. 골절이 아닌 게 다행이었지만, 붕대랑 보호구 같은 것으로 발을 꽉 감싼 채 절뚝이며 걸어 다녀야 했다.

다음 날. U는 내 발에 감긴 붕대랑 보호구를 보더니 걱정과 속상함이 담긴 표정을 지었다. 나는 민망함을 감추고자 헤헤 웃었다.

"미안. 앞으로 안 뛰어내릴게……."

"나한테 미안한 건 아니지. 아무튼 앞으로 그러면 안 돼."

"응."

창문에서 뛰어내렸던 그날, 동기들이 악의를 가졌던 건 아니었으리라 믿는다. 단지 "뛰어봐"라고 말했을 때 내가 진짜로 뛰어내릴 줄은 몰랐겠지. 뛰어내린 건 내가 한 선택이었으니까 아무도 책망하지 않았다. 만약 그 자리에 U가 있었다면 나를 붙잡았으리란 걸 안다. 위험하니까 뛰지 말라고 했을 게 분명하다. 내 팔을 세게 잡고 놔주지 않았겠지. 아니면 동기들한테 뭐라고 하면서 말렸을 것이다.

위험한 상황에서 붙잡아줄 친구가 있어 다행이다.

장미 동굴

누구에게나 소중한 장소가 있다. 아름다운 기억이 남아 있는 곳, 추억이 깊이 새겨진 곳. 그게 고향일 수도 있고, 여행지였을 수도 있고, 연인과 함께 한 곳일 수도 있고, 혹은 또 다른 다양한 곳일 수도 있을 것이다.

창문에서 뛰어내렸던 그 화단 옆에서 U와 나는 종종 만나 놀곤 했다. 방송실 근처이기도 했고, 햇살이 잘 드는 곳이기도 했고, 무엇보다 꽃이 피는 계절이면 굉장히 예뻤기 때문이다.

그리고 조금만 옆으로 걸어가면 아치형으로 된 짧은 터널 같은 곳이 있었다. 초여름쯤에 장미로 뒤덮이곤 해서 우리는 그곳을 '장미 동굴'이라고 부르곤 했다.

그곳에서 우리는 놀았을 뿐만 아니라 방송 콘텐츠 구상을 하곤 했다. 방송부 가을 발표회에 제출할 영상을 준비해야 했기 때문이다. 같이 시나리오를 짰던 작품 제목들은 이것이었다.

「손아귀」
「버리는 손 나쁜 손, 줍는 손 고운 손」

「손아귀」는 국어책에 실려 있었던 작품 「소나기」라는 소설을 패러디해서 짧은 영상을 제작해 보려던 거였다. 난 그 작품의 남자주인공 역할을 친구 '모모'에게 부탁했고, 여자주인공 역할은 U에게 부탁했다. 둘 다 흔쾌히 그러겠다고 했다. 그래서 U와 모모를 서로에게 소개해 주었다.

그 후 우리 셋은 종종 장미 동굴에서 만나 대본을 들고 영상을 어떻게 찍으면 좋을지 고민하곤 했다. 소중한 친구 둘과 동시에 만날 수 있어서 행복했다.

「버리는 손 나쁜 손, 줍는 손 고운 손」은 학교 구석구석에 자꾸 쓰레기가 보여서, 버리지 말고 줍자는 취지를 담으려고 했다. U랑 내가 같이 '졸라맨' 스타일로 그림을 그리며 짧은 애니메이션을 제작할 계획이었다.

그러나 슬프게도, 방송부 활동을 2학년 1학기 후 여름방학 때 그만두게 되었다. 부모님께서 못하게 하셨기 때문이다. 성적이 크게 떨어진 게 이유였다. 확실히 방송부에서 보내는 시간이 많기는 했다. 부 활동을 두 개나 하고 있어서 공부에 신경을 쓰기 어려운 것도 사실이었다. 난 계속하고 싶다고 울먹거리며 말했지만 부모님은 들어주지 않으셨다. 결국 방송부 담당 선생님에게 따로 연락하셨고, 방송부 담당 선생님은 날 보자마자 냉정하게 말씀하셨다.

"앞으로 방송부실에 발도 들이지 마라."

끝이 너무 허무했다. 그동안 애정을 쏟아부은 공간에 더 이상 들어갈 수가 없다니……. 당연히 영상도 찍을 수 없게 되었다. U와 함께할 수 있는 시간이 줄어들어 버린 것 또한 엄청나게 속상했다. 모모와 U와 나까지, 셋이 굳이 시간을 맞춰서 만날 이유도 없어졌다.

「손아귀」 작품 제작은 무산되었지만 「버리는 손 나쁜 손, 줍는 손 고운 손」은 U가 멋지게 완성해 주어 가을 발표회 때 볼 수 있었다. 강당의 큰 스크린에 나오는 애니메이션을 보자 기쁘고 뿌듯했다. U가 혼자 다 그리느라 힘들었을 텐데, 끝까지 완성해 줘서 고맙기만 했다.

방송부는 더 이상 갈 수 없었지만 U와 나는 종종 장미 동굴에서 만났다. 누가 먼저랄 것도 없이 이렇게 말하면 바로 알아들었다.

"점심 먹고 '거기'서 보자!"

"응, 이따 봐!"

내게는 그곳이 힐링이었고 위로였다. 그냥, 가 있기만 해도 위로가 되는 장소들이 있으니까. 아무것도 하지 않더라도.

시간이 흐르면서 그곳의 모습이 조금은 변할지라도 '소중함'이란 건 변치 않는다. 추억 속에, 마음속에 계속 남아 있기 마련이니까. 그때의 기억을 품고 미소를 지으며 또 소중한 장소를 만들어간다.

스티커 사진

시간을 함께하며 같이 웃었던 사람이 있다는 사실 자체만으로도 세상을 살아가는 데 힘이 된다. 그걸 사진으로 남겨 두면 볼 때마다 힘이 나고, 기분도 좋아지고. 그래서 사람들은 자꾸만 사진을 찍나 보다.

중학교를 졸업하고, U와 나는 다른 고등학교를 배정받았다. 중학교에 입학했을 당시 혼자였던 내게 먼저 손을 뻗어준 유일한 친구였던 U가 같은 학교였다면 정말 좋았을 텐데. 그래도 다행인 게 있었다. 그때 우리 둘 다 휴대폰이 생겼다는 거였다. 이제 마음만 먹으면 언제든 연락할 수 있었다. 떨어져 있긴 하지만 원할 때 대화를 할 수 있다는 사실만으로 안도감이 생겼다.

한편 모모는 나와 같은 고등학교를 배정받았다. 내가 다녔던 초등학교에서 이 중학교를 배정받은 학생 비율은 5~10% 사이였다. 그만큼 드문 일이었는데, 이 중학교에서 또 내가 배정받은 고등학교를 배정받는 경우는 더더욱 드물었다. 또 새로운 친구들의 텃세에 눌릴 것 같아 걱정이 되었다. 그렇게 눈치를 볼 필요는 없었을 텐데 그땐 왜 그렇게 '쫄아' 있었는지……. 모모라도 같은 학교를 다니게 되어 내심 다행이라고 생각했던 기억이 난다.

고등학생이 되고, 하루는 U랑 나랑 모모까지 셋이 만났다. 겨울이었다. 추운 날씨였는데도 우리는 "이냉치냉!"을 외치며 빙수 카페에서 과일 빙수를 먹었다. 그날의 마무리는 스티커 사진이었다. 스티커 사진은 U가 제안해서 찍으러 갔다.

신기하게도, 나는 그 사진을 지금도 보관하고 있다. 엄지손가락 정도밖에 안 되는 그 조그마한 스티커 사진을 여전히 가지고 있는 걸 보면 진정 소중하게 생각했던 게 분명하다.

사진 속에서 U는 가운데에 있고, 나와 모모는 양옆에서 환하게 웃고 있다. 풋풋함이 그대로 묻어나는, 셋 다 '애기애기'한 얼굴들. 모모는 얌전하게 미소를 짓고 서 있고, U는 빨간색 뿔테 안경을 쓰고서 뱅 스타일 앞머리를 하고 있다. 나는 동그란 금테 안경을 쓰고서 이마를 환하게 드러낸 채 씨익 웃고 있다.

함께였다.
우리는.

“
우리가 같이 찍은 옛날 사진을 보면
미소가 지어져.
너도 그러니?
”

둘만의 암호

평범한 단어라도 의미를 부여한 순간 세상에서 하나뿐인 단어가 된다. 암호를 정한 순간부터 한층 특별해지는 기분.

문득 U와 편지를 나누면서 손에 종이를 꼭 쥐고 있던 때가 떠올라 말랑말랑한 기분이다. 그러고 보니 U와 나는 둘만의 암호가 있었다. 다른 이에게는 절대 쓰지 않았던 것.

L.F.

우리가 나눈 암호를 U가 잊지 않고 간직해 주면 좋을 텐데…….

“

저 단어, 무슨 뜻인지 기억해?

너랑 나랑만 썼던 건데.

설마 잊어버린 건 아니지?

”

초점

싸운 사이도 아니고 안 맞는 사이도 아니지만, 각자의 초점이 너무 달라져서 더는 맞지 않는 사람이 있다. 얼굴은 전과 똑같은데 주변 공기가 묘하게 바뀌어 있는 사람. 분명 뭔가가 달라져 있어서 너무나 속상했던 기억.

아침부터 매미 소리가 세차게 쏟아졌다. 고등학생 때 나를 만화방에 처음으로 데려가 주었던 친구를 만나기로 한 날이었다. 꽤나 더운 날이어서 시원한 옷차림으로 집을 나섰다. 파란색 원피스에 흰색 샌들을 신고서.

고등학교를 졸업한 이후 살갑게 연락을 하진 않았지만 안부 정도는 나누었고, 다른 동창들을 통해 어떻게 지내는지도 가끔 들었다. 소문에 의하면 대학에서도 인기가 많았고 이것저것 활동을 많이 하고 있다고 했다. 3년이 넘도록 만나지 못해서 어떤 모습일지 궁금했다.

여름, 주말, 홍대, 점심.

사람이 많을 수밖에 없었다. 내가 먼저 도착하여 약속한 출구에서 기다리고 있었다. 몇 분 지나지 않아 옆에서 친구의 목소리가 들려왔다.

"와! 우리 진-짜 오랜만이지!"

또랑또랑 밝은 목소리는 여전했다. 마른 체형도 그대로였다. 나도 반갑게 인사하려고 친구의 얼굴을 보았는데, 순간 굉장한 이질감을 느껴서 멈칫했다.

친구의 눈빛이 달라져 있었다.

안경으로 가릴 수 없을 정도로 총명한 눈빛이었는데, 어딘가 어둡고 탁해져 있었다.

친구는 분명 웃고 있는데, 눈도 웃고 있고 입도 웃고 있는데, 눈빛은 초점이 나간 것처럼 흐렸다. 솔직히 말해서, 첫 느낌은 '뭔가 이상한데……'였다. 현실에 찌들다 보면 그럴 수도 있겠거니, 하고 좋게 생각하기로 했다.

"오랜만이네. 잘 지냈어?"

“너 이제 이런 옷도 입어? 우와, 원피스 잘 어울려. 완전 여자 됐네.”

“그냥, 치마 입으면 시원해서.”

“예뻐졌다, 야!”

“고마워. 넌 여전히 밝네.”

차마 예의상으로도 “너도 예뻐졌어!”와 같은 말을 하지 못했다. 그나마 골랐던 말이 “여전히 밝네”였다. 기분이 이상한 건 어쩔 수 없었다. 빈 칭찬을 건네고 싶진 않았다.

우리는 어떤 덮밥집을 갔다. 친구가 ‘싸고 맛있고 조용한 곳’이라며 데려간 곳이었다. 가게를 막 연 시간이었는지, 직원 한 명이 테이블에 올려져 있던 의자들을 내리고 있었다. 우리가 첫 손님이었다. 우리는 구석에 자리를 잡고 앉아 각자 먹고 싶은 덮밥을 주문했다. 곧이어 스피커로 최신 가요들이 흘러나왔다.

그동안 어떻게 지냈는지 일상을 주고받았다. 친구는 여전히 말을 잘했다. 정작 나는 이 친구의 눈빛이 신경 쓰여서 눈을 마주 보기가 힘들었고 대화에 집중하기도 힘들었다. 자꾸 눈을 피하게 되었다. 왜 이렇게 변한 걸까. 사람이야 누구나 시간이 갈수록 조금씩 변한다고는 하지만, 갭이 너무 큰데…….

어떤 얘기를 나누었는지 기억이 나지 않는다. 그러

다 갑자기 이 친구가 말을 뚝 멈추었다. 주변을 두리번거리더니, 손을 들고 직원을 불렀다.

"노랫소리 키워주실 수 있나요? 너무 작은 것 같아서요."

직원은 알겠다고 대답하더니 곧바로 음악 소리를 키워주었다. 의외였다. 음악 소리를 작게 줄여달라고 요청하는 경우는 많이 봤지만, 반대로 크게 키워달라고 하는 건 처음이었다.

'어라? 소리가 별로 작지도 않은데 왜 키워달라고 한 거지?'

혼자 추측하느니 질문하는 편이 낫겠다 싶었다.

"이거 좋아하는 노래야?"

"아니. 왜?"

"소리 키워달라고 하길래, 좋아하는 노래인가 싶어서."

"아, 우리 대화에 집중하려고 그랬지. 남들이 들으면 좀 그렇잖아. 안 그래?"

"음……."

더 질문하면 따지는 것처럼 보일까 봐 질문을 멈추었다. 대화할 때는 조용할수록 좋은 거 아닌가? 노랫소리가 커야 대화에 집중이 더 잘되는 사람도 있는 건가. 뭐, 그럴 수도 있다고 치고. 우리가 그렇게 은밀한 얘기를 한 건 아닌데, 남들이 들으면 안 될 무언가를 말하려고 하는 거였을까.

잠시 정적이 흘렀다. 친구는 "졸업 후에 뭐할 생각이야?"라고 물었다. 왠지 자세하게 말해주고 싶지 않았다.

"그냥 글 쓰면서 지낼 생각이야. 오디오 드라마 대본 쓰려고. 너는?"

"나? 나는……."

그때 친구는 갑자기 목소리를 낮추고 '은밀하게' 말했다.

"대학원 같은 거 다니려고. 거기서 공부하는 아는 선배들도 많고……."

그 말이 그렇게까지 목소리를 낮추어야 할 얘기였을까? 의아했다. 난 내 목소리 볼륨을 낮추지 않고 그대로 대화를 이었다.

"좋겠다. 나도 대학원 다니고 싶은데……. 대학원은 대학교보다 돈이 더 많이 들겠지?"

"그렇겠지. 근데 내가 다니는 곳은 돈 별로 안 들어."

"그래? 전공이 뭔데?"

"역사 쪽이야. 선배들 따라서 탁본 뜨러 멀리 갈 때도 있고 그래."

"오, 멋있다."

"너 역사 관심 있어? 관심 있으면 한번 나 따라와도 돼."

"지금은 내 공부에 집중해야 할 것 같아. 취직 준비도 해야 하고. 다른 거 못 하겠어."

"그래? 아쉽다. 진짜 재미있는데."

당시에는 평범한 대화였다고 생각했다. 지금 돌이켜 보면 좀 수상한 게 사실이지만. 덮밥은 가격 대비 괜찮았고 맛도 나쁘진 않았다. 다 먹은 후, 음식값 결제는 내가 했다. 그러자 친구는 고맙다며 카페는 자기가 쏘겠다고 했다.

친구는 카페도 자기가 아는 곳으로 가자고 했다. 카페 이름을 물어보니 대형 체인점이었다. 별생각 없이 따라갔다.

아이스 아메리카노를 마시고 싶다고 얘기한 다음, 조용한 자리에 앉았다. 친구는 몇 분 후 음료를 받아서 쟁반에 담아 왔다. 그런데 음료 컵이 한 개였다. 내가 말한 아이스 아메리카노 한 잔인 것 같았다.

"내 것 먼저 나온 거야? 넌 뭐 시켰어?"

"나는 안 시켰어."

"엥? 왜?"

"너무 배불러서. 안 마시고 싶네."

"아……."

웬만하면 카페에서 1인당 1주문을 할 텐데? 순간 눈치를 챘다. 지금 이 친구는 돈이 없구나. 그렇지만 점심으로 먹은 덮밥 값을 각자 계산했다면 음료보다 더 비쌌을 텐데. 그 정도 돈도 없이 사람을 만날 수 있나?

나는 다른 색 빨대를 하나 챙겨와서 컵에 꽂았다.

"같이 마시자."

"어? 어, 그래."

컵을 중간에 두고, 빨대 두 개를 꽂고, 머리를 맞대고 커피를 빨아 마셨다. 그러다 또 다른 이야기들을 나누었다. 이야기는 또 대학원 쪽으로 흘러갔다.

"역사를 공부하다 보니까 새로 알게 된 게 많아."

"그래? 어떤 것들이 있어?"

"전통문화들도 다 역사랑 관련이 있더라구. 특히 제사가 진짜 중요한 거더라."

순간, 가슴이 쿵 했다. 제사. 제사……. 평범한 단어이긴 한데……. 아무렇지 않게 말을 받아보기로 했다.

"그렇구나. 제사가 중요하긴 하지."

"제사드려본 적 있어?"

"그럼. 시골 큰집에서는 꼭 제사드리니까. 어릴 때부터 봐왔지."

"그렇구나. 그럼 최근에 제사드렸던 건 언제야?"

"글쎄. 내가 참여한 거 묻는 거면, 몇 년 됐어."

"몇 년 됐구나. 제사라는 게 조상님들한테 인사도 드리고 너 잘되게 해달라고 빌고 그러는 건데. 자주 드릴수록 좋은 거야."

"그런가? 다음에 드리면 되지, 뭐."

"다음에, 다음에 하면 못 드려. 생각날 때 드려야지. 너희 부모님 최근에 막 싸우시고 그러지 않으셨어?"

"음……. 가끔 싸우시긴 하지. 어느 집이나 다 그렇지 않나?"

"다 그렇진 않지."

"부모님 싸우는 건 갑자기 왜?"

"그거 조상님들께 제사드리면 다 풀리고 좋아져. 안 드려서 그런 거야."

"그래?"

"그럼, 당연하지. 그리고 너 곧 취직 잘하려면 조상님들께 인사드리는 게 좋아. 너뿐만이 아니라 동생도 잘 풀릴 수 있고. 가족들 다 좋아진다니까."

"음……."

"나도 그래서 제사 몇 번 드렸어."

"아, 그래?"

"내가 아는 언니가 제사상 잘 차려주고 하거든. 소개해 줄까?"

"아냐, 괜찮아."

불편했다. 이외의 대화는 거의 기억이 안 난다. 이 친구는 자꾸 '제사' 이야기에 집착을 했고, 그럴수록 실망만 커졌다. 빨리 자리를 뜨고 싶어서 영혼 없는 리액션을 하기 시작했다. 그러나 친구는 혼자서도 말을 잘 이끌었다. 모진 말을 하지 못하는 성격인 나는 끝까지 들어주었고, 두 시간이 지나서야 카페에서 일어날 수 있었다. 내 표정이 점점 어두워진 것을 분명 알았을 텐데…….

친구는 즐거웠다며 다음에 또 놀자고 했다. 나는 대답을 제대로 하지 않았다. 미안하지만, 더는 만나고 싶지 않았다. 다음에 굳이 싸우고 싶지도 않았다.

지하철을 타며 큰 한숨을 쉬었다. 슬펐다. 왜 이렇게 변했을까. 그토록 총명하던 친구가……. 그 사이에 대체 무슨 일이 있었길래. 오랜만에 만난 동창에게 제사를 반복적으로 강조하는 이유가 뭐였을까. 제사비 중 개수수료라도 받는 걸까. 그럼, 날 이용한 건가……. 실망스러웠다.

몇 년 전, 이 친구가 했던 말 중에 명대사처럼 느껴졌던 게 번뜩 떠올랐다.

둘이서 만화방을 들렀다가 놀이터에 가서 그네를 탔던 날이 있었다. 놀이터에는 아무도 없어서 조용했다. 둘 다 교복 차림으로 천천히 그네를 탔다. 그네 두 개가 내는 끼익거리는 소리가 약하게 퍼졌다. 달빛은 은은하고 바람이 선선해서 기분이 좋았다.

친구는 그네를 멈추더니, 뜬금없는 질문을 던졌다.

"너, 사랑이 뭔 줄 알아?"

나도 그네를 멈추었다.

"……. 아니."

한차례 바람이 지나갔다. 그네에 달려 있던 쇠줄이 움직일 듯 말 듯 옅은 소리를 냈다.

바람에 흩날린 머리칼을 정리하려는데 친구가 입을 열었다.

"사랑은 말이야……. 눈물이야."

"……왜?"

"그런 게 있어."

그때 나는 '대체 그게 무슨 뜻이지?'라고 생각했다. 여고생들만의 감성이 잘 와 닿지 않았는지도 모르고, 아니면 이 친구가 너무 성숙했는지도 모른다. 어쨌거나 나는 조용히 있었다. 이해가 안 되었지만 굳이 더 묻지 않았다. 멋있는 것 같기도, 아리송한 것 같기도 했다.

지하철에서 왜 그 기억이 떠올랐을까. 잊고 있었는데. 혹시, 사랑의 범주를 넓게 생각한다는 전제하에 오랜만에 사랑했던 대상을 만났을 때 달라진 모습을 보면 슬플 수 있다는 말이었을까. 그래서 눈물이 날 수 있다는 건지도. 변하지 않는 건 없지만, 아꼈던 대상이 좋지 않게 변한다면 눈물이 나올 수밖에 없을 것 같으니까.

— 라고 끼워 맞추기 식 해석을 하며, 고마웠던 추억은 고마움 그대로 남겨두기로 했다. 하지만 지금도 궁금하기는 하다. 그때 대체 무슨 의미로 말했을까. 왜 갑자기 눈물이라고 했을까.

사람마다 수용 정도는 다를 것이다. 확실한 건 이 친구의 행동은 내가 수용할 수 있는 정도를 넘어섰다는 거였다. 그러니 부디 행복하길 바라고, 잘 살기를 바라며. 언젠가는 부디 그 초롱초롱한 눈빛이 돌아오길 바라며.

아렸다. 마음이. 정말 많이.

“

내가 먼저 인연을 놓은 건 처음이었어.

그래서인지 더 아프더라.

너도 그랬던 적 있니?

”

'하고 싶은 일을 하며 산다'는 건 정말 어려운 일이다. 평범하게 사는 게 세상에서 제일 어려운 일이라고 생각했는데 아니었다. 평범한 척조차 하기 힘든데, 평범하게 사는 것보다 열 단계쯤 더 어려운 일이 바로 '내가 하고 싶은 일을 하면서 돈 벌며 사는 것'이었다.

나와 같은 전공을 선택했던 친구들은 나름대로 '잘나가는' 것 같다. 누구는 정식으로 드라마 작가가 되었고, 누구는 예능 프로그램 작가로 활동하며, 누구는 기자가 되었다. 누구는 에세이집을 냈는데 대박이 났고, 누구는 단편소설집을 냈고, 누구는 웹 소설가로 활동하고, 누구는 삽화가가 되어 그림을 그리면서 글을 쓰고. 등단 후 소설을 계속 쓰는 한 선배는 얼마 전에 영화화 판권 계약을 했다고 했다. 또 다른 후배는 글 쓰는 요가 선생님이며, 내가 많이 아끼는 후배는 네이버의 웹 소설팀에서 일하고 있다. (무려 '네이버'라니 타이틀부터 압도적이다.) 또 새로운 진로를 선택해 변호사가 된 선배도 있고, 또 누구는 비행기 승무원이 되었고.

연락을 따로 하지 않아도 언제부터인가 다 알고 있다. 이야기만 들어도 너무 멋진 사람들. 물론 '잘나간다'의 기준은 다르겠지만, 자신의 아이덴티티를 확고하게 하며 세상에 자신을 드러내는 것이야말로 '성공' 같은 게 아닐까. 물론 자세한 속사정까지는 모른다. 적어도 겉으로는 그러하다. 당연히 노력과 시간이 수반되어야 하는 일이다. 대단하다고 생각한다.

그렇다면, 그럼, 나는?

나는 지금 어디에서 무엇을 하고 있는 걸까. 왜 아무것도 못 하고 있을까. 타인과 나를 비교한다는 마음보다는 자괴감이 더 커서 힘들었다. '나만 쭈구리 같잖아……'라고 종종 생각했다.

글 쓰는 선후배들을 만날 때면 슬픈 우스갯소리를

한다.

우리가 선택한 건
가장 '돈 안 드는 예술'이면서
가장 '돈 안 되는 예술'이라고.

마냥 웃긴 건 아니다. 슬프거나 씁쓸한 게 더 크다. 그래서 언제 성공할지도 모르고, '금수저'가 아닌 이상 어쩔 수 없이라도 회사를 다니거나 투잡two job을 하거나 해야 한다. 그러면서도 계속 글을 쓰고 싶으니 '쓰는 시간'을 계속 만들어야 하고, 그러다 보면 일을 줄이고 싶고. 그럼 또 일을 줄인 만큼 경제적으로 힘들어지고, 다시 글을 멈추고 일을 구해야 하고. 뱅뱅 도는 악순환이다. 결국 '평범'과는 멀어진다. 언제 '성공'할지도 알 수 없는 길인데…….

성공의 기준은 모두 다르겠지만, 적어도 나는, 글을 써서 다달이 먹고살 수 있는 정도만 되어도 성공이지 않을까, 하고 생각하는 중이다. 최소한의 생계 비용만이라도 꾸준히 유지된다면 걱정이 덜할 텐데. 직장인들이 월급 받는 패턴에 익숙해지는 이유는 매월 고정적으로 들어오는 돈의 안정감 때문이니까. 그런 안정감을 '글'로 느낄 수 있기는 할까.

지금 또 선택의 기로에 서 있다. 앞으로의 선택도 후회하지 않는 일들이었으면 좋겠다. 어째서인지 나만 계속 뒤처진 기분인데, 지금이라도 내가 선택하는 것들이 다 거름이 되었으면 좋겠다. 조금씩 다 쌓였으면 좋겠다. 더 이상 흐물거리지 않았으면 좋겠고 여려지지 않았으면 좋겠다.

“

내가 잘하고 있는지 지켜봐 주겠어?

나도 계속 지켜보고 있을게.

”

방송을 하는 이유

2015년 9월에 처음으로 인터넷 방송이라는 걸 시작했다. 컴퓨터랑 인터넷만 되면 누구나 할 수 있었다. 지금은 유튜브, 트위치 등 플랫폼이 많고 콘텐츠도 정말 다양하지만 그때만 해도 블루오션 같은 느낌이었달까.

방송 엔딩곡으로 정했던 노래가 있다. 솔지, 유재환, 정형돈의 '오늘은'이라는 노래다. 방송을 종료하기 직전에 늘 틀어서 시청자들과 함께 들은 노래인데, 듣기만 해도 가슴이 따뜻해진다. 듣고 또 들어도 늘 새롭게 다가온다.

가사에 나오는 좋아한다는 말도, 사랑한다는 말도 시청자들에게 해주고 싶은 말이었다. 절대 변치 않는 것은 없겠지만 노력은 할 수 있으니까.

그렇게 방송을 꾸준히 하다 보니 어느새 7년 차 인터넷 방송인이 되었다. 놀랍게도……. 주변인들에게는 말하지 않아서 거의 다 모른다. (이제는 다들 알게 되겠지만.)

방송을 시작하기 전에는, 인터넷 방송을 할 수 있는 정도 사양인 저렴한 컴퓨터를 사고 마이크도 샀다. 방송을 준비하면서 매일 밤 선곡표도 직접 짰고, 멘트도 준비했다.

인터넷 생방송 첫날.

중학교 1학년 때, 비 오던 날 U와 방송을 했던 기억을 살려서, 목을 가다듬고 천천히 마이크에 대고 인사를 했다. 지금은 캠을 켜고 얼굴을 보여줄 때가 많지만 초반에는 캠 없이 마이크만 가지고 방송을 했다. 게임이나 컴퓨터 화면이 시청자들의 화면에 나오기는 하나 주로 목소리만 들리는 라디오 방송이었다.

방송을 킨 첫날에 시청자들이 200명 정도 들어와서 놀랐다. (이런 걸 '신입 버프'라고 한다.) 메인 콘텐츠는 '리그 오브 레전드(줄여서 '롤'이라고 한다)'라는 게임이었다. 떨려서 준비한 대로 되진 않았다. 일방향으로 송출하는 방송과 쌍방향 소통으로 이루어지는 방송은 많이 달랐기 때문이다. 그만큼 생방송만의 묘미가 있었다. 바로바로 시청자들의 채팅이 올라오니까 소통이 쉽고 매우 빨랐다. 돌발상황도 많이 일어나기는 하지만, 재미있었고, 즐거웠고, 신기했다.

인터넷 방송을 전업으로 한 건 아니다. 꾸준히 회사를 다니면서 일을 했으니까. 다른 방송인들은 '자낳괴*' 모드로 후원 요구를 은근슬쩍 하기도 했는데 나는 그런 걸 아예 못했다.

그러다 보니 방송은 부업이라고 하기에도 민망할 정도로 후원 수입이 없어서 취미에 가까워졌다. 한 동료 방송인은 그런 내가 안타까웠는지 "맑은 물에는 고기가 안 모여요. 돈도 안 모이고요"라는 조언을 해줬는데, 그렇다고 방송 스타일을 갑자기 바꿀 수도 없는 노릇이었다. 실제로 자극적인 콘텐츠일수록 후원 금액도 높았다. 그렇지만 나는 조곤조곤 얘기하며 존댓말을 쓰는 힐링 방송을 해왔고, 이건 바꾸고 싶다고 해서 바뀌지는 게 아니었다. 그래도 간혹 시청자들이 커피 한 잔 마시라면서 몇천 원 후원을 해주면 힘이

* '자본주의가 낳은 괴물'의 줄임말. 방송인이 후원을 받기 위해 자극적이거나 비정상적인 콘텐츠를 하거나, 후원을 반복적으로 요구할 때 주로 쓰는 말이다. 우스갯소리처럼 쓰이기도 하지만 기본적으로는 좋지 않은 단어.

엄청 났다. 너무너무 감사하고.

시청자들 얘기를 하자면, 고마운 분들이 많다. 첫 방송 때부터 지금까지 찾아오시는 분도 있고, 시청자들과의 방송 에피소드도 정말 많고. 대하기 힘들거나 껄끄러웠던 분도 있지만 좋은 분들이 더 많았다. 생생하게 남은 기억들도 많고.

팬으로부터 팬 아트를 받으면 그게 또 그렇게 고맙게 느껴졌고 행복해지곤 했다. 방송을 시작하고 얼마 안 되었을 때에는 한 시청자분이 “방송인마다 고유 속성이 있는데, 빛 속성을 가지고 계시네요”라고 해주신 게 지금까지도 기억이 난다. 그만큼 따뜻하다고 칭찬의 말을 해주신 거겠지. 나중에 알게 되었지만, 이 시청자는 나랑 같은 대학교를 졸업한 사람이었다. 심지어 어떤 수업은 겹쳐서 같이 들었던 적도 있는 것 같고.

또 다른 시청자도 초반부터 꾸준히 방송에 찾아왔는데, 내가 영화 관련 콘텐츠를 할 때 치는 채팅을 보니 영화랑 애니 취향이 나랑 정말 비슷했다. 알고 보니 이분도 같은 대학교였다. 심지어 학번도 비슷하고, 학교 근처 음식점도 비슷한 곳을 다녔다. 종종 일상 이야기나 학교 이야기를 담은 팬레터를 보내왔는데, 학연 때문에 더 친숙하게 느껴지는 건 사실이었다.

인터넷 방송을 하면서 세상은 참 넓으면서도 좁다는 걸 깨달았다. 신기한 일이다.

인터넷 방송은 '부익부 빈익빈'이 심한 곳이다. 콘텐츠나 콘셉트도 중요하지만 '운'도 정말 많이 필요하다. 열심히 준비하면 점수가 잘 나오는 시험 같은 것과는 완전히 달라서, 아무리 열심히 해도 안 되는 건 안 된다. 세상사 내 뜻대로 되는 게 어디 있겠느냐마는.

사실은 어떤 분이 이렇게 질문한 적도 있다. "진짜 궁금해서 그러는데 방송 왜 해요? 거기 시청자들은 잘 쏘지(후원)도 않던데. 봉사하는 마음인 거예요?"라고. 그래서 내가 "쏘시고 싶을 때 쏘시겠죠, 하하"라고 대답했더니, "대단하시네요. 저는 그렇게는 방송 못 해요. 절대 안 해요"라고 했다. 반쯤 진심, 반쯤 비꼬는 듯한 말이었다. 누군가에게는 내가 무료 봉사자로 보(여서 한심해 보)인다는 걸 그때 처음 알았다.

그럼에도 내가 방송을 꾸준히 하는 이유가 있다.
누군가 나로 인해서 힐링을 받고 있다는 것,
이것 때문에.

일 대 다수의 영역이지만 충분히 힐링의 선순환이

이루어지고 있다고 생각한다. 난 항상 이 자리에 있을 테니 언제든 찾아와도 좋다고 말하곤 하는데, 이런 건 U랑 조금은 비슷한 마음이지 않을까. 힐링이 계속 돌고 돌면 눈덩이처럼 커질 수도 있지 않을까.

생방송을 종료할 때마다 꼭 말하는 고정 멘트가 있다.

"오늘도 좋아해요, 사랑해요, 예뻐지세요!"

이 말을 듣는 분들의 마음이 말랑말랑해지면 좋겠다. 내가 방송을 하면 할수록 그런 분들이 늘어났으면 좋겠다. 그리고 생방송을 함께해 주었던 분들이 모두 행복해지길 진심으로 바란다.

앞으로도 오래 방송을 하고 싶다.

행복이 더 많이 퍼질 수 있다면 좋겠다.

나비의 날갯짓이 태풍이 되듯이.

진짜 용기

콤플렉스 혹은 치부. 누구나 다 갖고 있는 것. 그런데 사람들은 그걸 타인이 알아차릴까 두려워하고, 부끄러워하면서 숨기기에 급급하다.

인터넷 방송을 하다 보니 새로운 동료들이 생겼다. 처음에는 교류를 할 생각이 없었는데, 방송 3년 차쯤 되었을 때 다른 방송인들과 함께 게임을 하는 콘텐츠도 괜찮은 것 같아 시도하게 된 것이다. 그러면서 한 명을 알게 되고, 또 한 명을 알게 되고, 인사를 나누고, 같이 게임도 하고. 특히나 같은 플랫폼에서 방송을 진행하다 보면 서로를 지켜보게 되어서 서로의 스타일을 빠르게 알게 되는 편이었다. 그러다 보니 인터넷 방송 동료들이 늘어났고 서로 연락처를 교환하기도 했다.

그러던 중 친해진 한 남자 방송인이 있었다. 나처럼 목소리만으로 인터넷 게임 방송을 진행하는 사람이었다. 롤 방송만 8년째 해온 분이었는데, 인기가 꽤 많아서 생방송만 켜면 시청자는 평균 2~3천 명 이상 들어왔다. 요즘처럼 인터넷 방송이 활성화되기 한참 전부터 그랬기 때문에 네 자릿수는 엄청난 숫자였다. 채팅창은 글자를 제대로 읽기 힘들 정도로 빠른 속도로 올라가곤 했다.

하지만 그분은 어느 날부터 생방송 횟수를 줄였다. 방송 횟수가 눈에 띄게 줄어들자 시청자들은 걱정 반, 분노 반에 휩싸였다. 혹시 무슨 병에 걸린 것은 아닌지, 생계를 이어가기 위해 다른 직장을 구한 것은 아닌지, 이유와 추측이 난무하는 상태였다. 그분이 방송을 하지 않을수록 시청자들의 호기심은 커져만 갔다. 동료 방송인들도 이상하다고 생각하는 중이었다. 잘 나가던 사람이 갑자기 왜 저럴까. 집안에 무슨 일이라도 있나. 나는 동료로서도, 한 시청자로서도 안타까워하고 있었다.

기다리다 지친 애청자들은 다른 방송으로 옮겨 가기 시작했고, 그분의 방송 순위는 점점 떨어져 '심해'로 추락했다. 엎친 데 덮친 격으로 롤 실력까지 완전히 떨어지고 말았다. 사실은 그분은 '어떤 심각한 사건'을 겪으면서 방송 자체에 회의감이 들어 방송도, 게임도 다 싫어졌다고 했다. 표정을 볼 수는 없었지만 목소리로 충분히 괴로워하고 있음이 느껴졌다.

그렇게 몇 개월이 흐르고, 그분은 큰 결심을 했는지 다시 방송에 집중하겠다고 했다. 그러면서 캠을 준비했다는 것이었다. 새로운 변화를 주기 위해서였을까.

"조만간 얼굴 깔게."

8년째 목소리로만 방송했던 사람이 드디어 얼굴을 공개한다고 하자 시청자들은 흥분에 빠졌다. '잘생긴 목소리'만큼이나 얼굴도 잘생겼을 거라는 추측이 대부분이었다.

드디어 그날이 왔다.

얼굴을 공개하기로 약속한 날.

그분은 다른 때와 마찬가지로 게임 화면을 띄우고 롤을 몇 판 했다. 게임이 끝나자 엄지손톱만 한 크기로 캠 화면을 띄웠다. 얼굴이 보이지 않는 크기여서 다들 "캠 화면 크기를 키워 달라!"며 아우성이었다. 그런데 그분은 이상할 정도로 부끄러워하면서 머뭇거렸고 불안 증세까지 보였다. 그 상태로 계속 시간을 끌었고, 두 시간쯤 지나자 시청자들은 결국 화를 냈다. 시청자들이 다 같이 욕설을 할 정도가 되었을 때가 되어서야 마침내 캠 화면 크기를 커다랗게 키우고, 선글라스를 벗었다.

준수한 얼굴이었다. 조명을 쓰지 않았음에도 피부가 깨끗했다. 시청자들의 채팅 화력은 엄청났다.

— 오? 괜찮게 생겼는데 왜 그렇게 뺌?

— 형, 잘생겼는데 왜 그래요?ㅋ

— 대체 왜 창피해하는 거냐고ㅋㅋ

그러나 그분의 표정이 영 좋지 않았다. 괜히 마우스와 마이크 등을 만지작거리며 손을 가만히 두질 못했다. 불안해 보였다. 몇 분째 소통도 제대로 하지 못하고 힘들어하더니, 풀이 죽은 목소리로 이렇게 말했다.

"사실, 나, 탈모야……."

— ?

— ?

— ??????

— ????

시청자들은 물음표 채팅을 연달아 쳤다. 무수히 많은 갈고리가 올라왔다. 머리카락 숱이 많고 매우 풍성하게 보였기 때문이었다.

이어지는 말이 반전이었다.

"이 머리… 가발이야……."

시청자들은 반신반의하며 그의 말을 믿지 않았다. 이에 그분은 자신의 탈모가 사실이라며 강력히 주장했다. 10대 후반 정도부터 탈모 증세가 와서 자신감을 잃었고, 바깥에 나가기가 두려웠고, 사람을 제대로 쳐다보기 어려웠고, 얼굴을 공개하기 무서워 목소리로만 방송을 해왔고, 자꾸 위축되어 다른 방송인들과 교류하기도 어려웠다는 거였다. 그동안 사회에 나갈 용기가 없어서 숨어만 살았다고. 그래도 더는 숨고 싶지 않아서 솔직하게 말한다고. 그 말에 다들 안타까워했다.

그리고 얼마 후에는,

캠 앞에서,

가발까지 벗어버렸다.

시청자들은 충격에 빠졌다. 그분은 정말 '심한 탈모'였던 것이다. 순식간에 연령대가 높아져서 50~60대로 보였다. 완전한 대머리는 아니었고 '헤이하치 컷'이라는 특이한 스타일을 하고 있었다. 탈모인들이 가

발을 붙이기 위해 주로 하는 머리로, 일명 '리버스 투블럭'이라고 하는 스타일이었다. 머리 한가운데만 둥글게 불에 타서 없어진 것처럼 보이기도 했다.

— ㅋㅋㅋㅋㅋㅋㅋㅋ

— 방송을 위해 일부러 한 거지? ㄹㅇ찐 방송인이네.

— 이거 미션 걸려서 한 거 아님? 누가 얼마 걸었냐?

— 아ㅋㅋㅋ 저게 사람 머리냐고ㅋㅋ

미션이 아니었다. 진짜 머리였다. 이에 시청자들은 안쓰러워했지만 매우 재미있어 하기도 했다. 대머리를 공개한 그분의 용기에 감동했는지, "태어나서 처음으로 인터넷 방송에 후원을 해본다"며 후원금을 보내오는 시청자도 있었다.

이어서 그분은 "더 이상 가발을 쓰지 않겠다"고 선언했다. 그리고 생방송에서 전기이발기를 들고 남은 머리카락들을 직접 다 밀었다.

지이잉, 지이이잉, 하는 소리와 함께

남아 있던 머리카락들이 조금씩 떨어져 내렸다.

허연 두피가 드러나며 완전한 대머리가 되고 있었다.

지켜보던 시청자들은 어떤 마음이었을까.

그리고 그분은 어떤 마음이었을까.

그분은 남은 머리를 싹 밀고 난 다음, 후련한 듯 웃었다. 많은 사람들에게 솔직하게 밝혔더니 도리어 기분이 좋다는 거였다.

"이게 뭐라고… 죄도 아닌데……. 하하."

지금까지 방구석에서 숨어 지냈지만 이제 그럴 필요가 없는 것 같다는 말. 그분의 미소에는 허탈감도 묻어 있었지만 표정은 편안해 보였다. 다들 감동했는지, 우는 표정(ㅠㅠ)인 채팅도 많았고 응원 채팅도 많이 올라왔다. 이분처럼 몇천 명 앞에서 자신의 치부를 공개하고 정면으로 부딪히는 모습은 처음 봤다. 그것도 실시간으로……. 이것은 분명 용기였다.

누군가는 "쇼하는 거 아니야?"라고 생각할 수도 있었겠지만 동료 방송인들은 분명 알고 있었다. 이분이 방송이라서 이러는 게 아니라는 것도, 진짜 탈모라는 것도, 진짜로 용기를 냈다는 것도 다 알았다. 모든 걸 내려놓고, 받아들이고, 새로운 마음으로 살아보겠다는 마음까지.

'치부'조차 '나'의 일부인 걸 어쩌겠는가. 외면하거나 숨긴다고 해서 없어지는 것도 아닌데. 어떻게 여길지의 문제 아닐까. 정작 사람들은 남한테 관심이 없는데. 생각보다는. 나이를 먹을수록 세상이 무거워져서 남까지 볼 여력이 남지 않는 것 같다. 나 하나만 생각해도 벅찬데 남까지 생각할 여유가 어디 있나.

그러니까 콤플렉스를 너무 심각하게 생각하지 말고, "이게 뭐라고"라는 말로 조금씩 '하찮게' 여겨보는 건 어떨까.

이게 뭐라고.

그게 뭐라고.

완벽한 사람은 없다.

"

너에게도 콤플렉스가 있어? 있겠지?

나도 있어.

누구나 다 있는 건가 봐.

그것에 기죽지 말자.

그 모습도 '나'의 일부일 뿐이니까.

"

충전 방식

'무한동력'이라는 단어를 처음 접했을 때 피식했다. 말도 안 돼. 그런 게 대체 어디 있어. 평소 생활에서 대량의 에너지를 필요로 하는 나였기에 어이없게 들리는 단어였다. 그냥 어이없는 정도가 아니라 황당하고 화가 날 정도의 단어로 보이기까지 했달까. 실제로 그런 건 불가능하다고 한다.

기계도, 로봇도 충전이 필요한데 사람이라면 더더욱 세심한 충전이 필요하지 않을까. 신체적으로는 잠을 잘 자는 것과 잘 먹는 것이 있고. 그럼 정신적인 부분은?

어느 심리학 책에서 말하길 사람은 크게 두 가지 성향으로 나뉜다고 한다. 장소는 제쳐놓고 생각했을 때, 사람을 만나면서 에너지를 채우는 유형과 혼자서 에너지를 채우는 유형. 전자가 외향적인 사람이고 후자가 내향적인 사람이다. 물론 때에 따라서는 조금 달라질 수 있지만, 정말 피곤하고 힘들 때 어느 쪽을 선택하고 싶은지에 따라서 나의 기본 성향을 알 수 있다고 한다.

U는 후자였다. 나도 그렇다. 나는 내 방에서 혼자 있을 때 충전하는 사람이다. 바깥에만 나가면 에너지가 마구 소진되기 시작하기 때문이다. 마치 충전기를 꽂고 있다가 빼버린 휴대폰처럼. 그래서 외출을 많이 하지 않는 편이고, 바깥에 있는 시간이 적었다. 사람을 만나는 것도 에너지가 필요한 일이라, 약속이 여러 개 잡혀서 여러 명을 만날수록 힘이 들었다. 만나고 싶지 않은 사람을 만나게 되면 더 빨리 방전이 되고, 어서 빨리 집에 들어가고 싶고.

보통 사람들이 한 문장을 말할 때 '1'만큼의 에너지를 쓴다면, 나는 한 문장을 말할 때 '50'쯤 쓰는 것 같다. 말할 때도 그렇고 들을 때도 그렇다. 그러니까 다른 사람들보다 에너지가 50배쯤 더 필요한 기분.

U도 그랬다. 바깥에서 빨리 지치니까 집에서 충전을 하고 싶어했다. 하지만 집에서마저 스트레스를 줄 때가 많았다. U도, 나도 놀라울 정도로 가족들한테서 스트레스를 많이 받았다. 그렇지만 나이 어리고 돈도

없던 우리가 갈 곳이 어디 있었겠는가. 결국, 집밖에 없었다.

그래서 우리가 만날 때 말없이 시간을 보내기도 했나 보다. 서로 아무 말도 안 하니까 에너지가 급속도로 충전되는 느낌이 들었기에. 사람마다 타고난 기질은 어쩔 수 없는 건가 보다.

사람도 충전기가 필요하다. 먼저 '나'를 알아야 충전을 할 수 있다. 그다음 내 충전 방식을 선택해야 한다.

각자에게 꼭 맞는 충전기를 찾아서 급속 충전을 할 수 있기를.

"

힘들 때 떠오르는 게 있어?

그럼 그게 바로 너의 충전기야.

우리가 원하는 건 무의식 곳곳에 숨어 있어서

어느 순간, 정말 갑자기 떠오르기도 하더라.

"

이야기,
둘

너와 함께 있으면
그냥 이유 없이 좋아

문득, 이라는 단어

저녁 바람이 사늘해서 밤엔 비가 오려나, 하고 생각한다. 일기예보는 비를 말하지 않았으니 순전히 혼자만의 느낌이다. 마침 가방에는 분홍색 우산이 있어 걱정은 없다. 우산이 없더라도 조금 젖으면 되니 괜찮다. 문득, '문득'이라는 부사에 대해 생각한다. 직선으로만 이루어진 모양인데도 딱딱한 느낌이 전혀 없다. 갑자기, 라는 글자보다 조심스러운 느낌. 잠시 생각의 방에 피어나도 되겠어? 하고 스며들어오는 손님. 깊이에 따라 오래 머무느냐, 쉬이 흩어지느냐의 문제. 생각에 대한 선택권은 가지고 있지 않다. 확실한 것은 모든 단어는 곱다는 것. 이렇게 문득 생각이 무거워지는 때가 있다. 그럴 때는 그냥 쉰다. 단아하고 가볍게, 숨을 쉰다. 모두가 쉬면서 산다.

비는 오지 않는다.

그냥 웃었다, 계속 웃었다

친구랑 만나고 싶은데 자꾸 어긋나는 때가 있다. 그게 환경 때문이라면 더 속상하기 마련이다.

코로나가 한창 심하던 때.

— 나... 너랑 너무너무 놀고 싶은데...

한 친구가 보내온 문장. 말줄임표에 담겨 있는 마음이 뭔가 너무 컸다. 그래서 바로 친구와 약속을 잡았다. 코로나로 인해 만남을 계속 연기하게 된 친구인데, 약속을 계속 미루다가 드디어 1년 만에 보게 되었다.

코로나 때문에 카페도 가지 못하던 때. 밥은 먹을 수 있지만 카페는 절대 안 된다니……. 식사 후 갈 만한 곳이 없어서 우리는 을지로부터 인사동 거리까지 산책하면서 돌아다녔다. 혹시나, 싶어서 카페들을 흘깃거렸지만 죄다 의자가 뒤집혀 있었다. '임대' 두 글자가 붙여진 창문도 정말 많았다.

발길이 닿는 곳마다 한산하고 쓸쓸한 분위기가 돌았지만 친구가 계속 웃고 있어서 덕분에 나도 계속 웃었다. 웃음은 전파가 되나 보다. 우울함도 전파가 되지만 웃음 전파가 더 강력한 것 같다. 우리는 졸지에 지하상가 아이쇼핑을 하고, 옷도 사고, 청계천도 구경하고, 건물들도 구경했다.

인사동 거리는 썰렁했다. 그러다 발견한 예쁜 건물. 너무 손님이 없어서 안타까웠지만……. 건물 유리벽에는 이렇게 쓰여 있었다.

힘내라!
나의 오늘
그리고 내일.

커다란 글자였다. 그 문구를 보고 우리는 "맞아! 힘내야지!" 하면서 까르르 웃었다. 웃으면서 사진을 찍긴 했는데, 기울어지게 찍은 걸 보니 아무래도 힘이 별로 안 났던 것 같다.

그러는 와중에 모르는 번호로 전화가 몇 통 왔다.

받지 않았다. 몇 분 간격으로 똑같은 번호로 전화가 계속 오길래 받았더니, 다음 주부터 같이 일하고 싶다는 합격 전화였다. 역시나 합격을 해버렸다. 갈까 말까 고민하던 곳인데. 옆에 있던 친구는 회사 조건들을 다 듣더니 가지 말라고 했다. 급여가 심각하게 낮은 수준 아니냐고. 그동안 쌓은 경력과 시간에 대한 존중이 하나도 없다고. 경력 인정 안 되는 건 알고서 지원한 것이긴 한데……. 업무가 비슷하지만 다른 종류이기도 하고……. 어제 다른 친구에게도 고민을 말했더니, 설명을 다 듣고는 가지 말라고 했다. 또 다른 친구도 너무 별로라고 했다. 내 의견을 제외하더라도 반대 2표와 별로 1표. 즉 반대만 3표였다. 어쩌나……. 그래도 선택은 내가 하는 거니까. 일단은 가보기로 했다. 집 가까운 곳이고, 내가 잘할 수 있는 일이니까. 안 해보고 후회하느니 해보고 후회하자.

실은 내 재능과 능력치를 인정해 줄 수 있는 회사가 있다면 좋겠다고 생각했다. 날개조차 제대로 펼친 적이 없다고 생각해서. 통근 시간도 오래 걸리지 않고 워라밸도 맞는 곳이 있다면, 기쁜 마음으로 충성하겠다. 하지만 이건 너무 꿈이겠지.

친구는 곧 이스라엘 무술인 크라브 마가**Krav Maga**를 배울 거라고 했다. 실전 호신술을 배워야겠다고. 작년에 계속 어두운 느낌이었는데 무슨 일이 있긴 있었구나. 나는 짐짓 밝게 대답했다.

"좋아! 너는 무술을 배워. 나는 계속 가야금을 배울게."

그러자 친구는 나한테 버스킹 공연을 하란다. 인사동이나 고궁 앞에서 한복을 입고 라이브 공연을 하면 특히 외국인들이 정말 좋아할 거라고.

"오! 그럼 네가 보디가드 겸 매니저 해줘."

"오, 좋아!"

우리는 동시에 빵 터졌고 악수를 했다. 이로써 계약 체결!

그렇게 우리는 하루 종일 '아무 말 대잔치'를 했다.

그러면서 그냥 웃었다. 계속 웃었다.

그래, 이런 게 노는 거지!

"

하루 종일 돌아다니면서 놀 수 있다면

어딜 돌아다녀 보고 싶어?

"

통하는 사이

어디서 이런 말을 읽었다.

> "이성異性끼리 친구가 될 수 없다고 생각하는 사람은 이성이 절대 친구가 될 수 없다. 반대로, 이성끼리 친구가 될 수 있다고 생각하는 사람끼리는 충분히 친구가 된다."

강하게 공감했다. 전자인지 후자인지는 본인이 알 것이다. 만약 중간에 사귀게 되어 '연인'이 되는 사람들이 있다면, 애초에 우정이 아니라 애정의 연으로 만나게 된 거겠지, 하고 생각한다.

며칠 전, 일본에 살고 있는 모모에게서 메시지가

왔다.

— U는 잘 지내고 있대?

놀랍게도 U의 안부를 묻는 질문이었다. 갑자기 어제저녁에 U에 대한 생각이 났다면서 잘 지내는지 궁금하다는 것이다. 나는 이렇게 답했다.

— 우리가 통하는 게 있긴 있나 봐.

근래에 계속 U에 대한 생각을 하는 중이었는데, 모모도 U를 생각하고 있었다는 것이 놀랍고 신기했다. 우리가 장미 동굴에서 함께 「손아귀」를 찍자며 논의했던 때가 생각나 미소를 지었다.

모모는 고등학교를 졸업한 후 대학을 일본으로 갔다. 한국에 와서 군대를 갔다가(입대했을 때, 모모가 도넛이 먹고 싶다고 해서 도넛을 무려 세 박스나 사 들고 면회를 갔었다) 전역 후에는 다시 일본으로 가서 취직을 했다. 그 후 일본인 여성분과 결혼을 했고, 작년에는 귀여운 딸이 태어났다.

내게 가장 친한 남자친구는 모모였다. 그런데 너무 멀리 가버렸다. 당장 만나고 싶은데 만날 수가 없어서 속상할 때가 많았다. 그래도 소중한 친구가 인생의 길을 걷는 중이니 어찌 탓하랴.

딸이 태어나기 한참 전, 모모는 아내와 함께 한국으로 몇 차례 놀러 왔다. 그때마다 나를 같이 만났다. 어설프게 일본어를 하는 나, 서툴게 한국어를 하는 모모의 와이프, 그리고 중간에서 통역해 주느라 바쁜 모모를 보고 있으면 웃음이 터질 때가 많았다. 그러다 힘들어졌는지 대충 통역해 주는 티가 나면 여자 둘이 합심해서 놀려댔다.

"우리가 언제 말을 그렇게 짧게 했어! 제대로 통역하라고!"

"그거 아니잖아! 통역 실력이 그것밖에 안 돼?"

그럼 모모는 웃으면서 말했다.

"아, 대충 다 알잖아. 다 통하면서 뭘 그래."

"맞아, 어차피 다 통하긴 하지!"

매번 그랬고, 매번 웃었다.

어릴 때부터 이런 생각을 했다. 이성끼리도 충분히 친구가 될 수 있다고. 충분히 우정을 다질 수 있다고. 왜냐하면 사람들은 본인의 성별을 직접 선택하지 않았으니까. 신체를 그렇게 부여받은 것뿐이니까. 그런데 고작 성별 때문에 우정을 나눌 수 없게 된다면 너무 억울하지 않나?

가끔은 이런 생각도 했다.

성性은 껍데기라고.

내가 선택한 게 아니라고.

그래서 그것을 초월하고 싶다고.

어쨌거나 모모와 나는 초등학생 때부터 쭉 친구였다. 특히 고등학생 때 가까워졌는데, 취미랑 관심사가 비슷했던 게 제일 컸다. 게임을 하는 것과 일본 애니를 보는 것. 그래서 모모와 나는 가끔 PC방에 가서 게임을 하며 놀았고 재미있는 애니도 추천해 주곤 했다.

그 당시만 해도 PC방은 남자들의 구역이었다. 내가 교복 치마를 입은 상태로 들어가면 눈길을 엄청나게 받아서 너무 부담스러웠다. 혼자서는 못 갔을 것 같다. 또 학교 애들이 "모모가 여자랑 PC방에 갔다"는 식으로 놀릴까 봐 내심 걱정했는데, 다행히 모모는 별 신경을 쓰지 않는 것 같았다. 우리는 PC방 외에도 여기저기 가끔 같이 다녔다. 물론 성격이 잘 맞았으니 가능했을 것이다.

새삼 또 느낀다. U와 나는 신기하게 엮인 인연인데, 모모랑 나도 저절로 가까워진 인연이었다. 단 한 번도 같은 반이 된 적은 없지만 어느새인가 가까워졌다. 정말 '언젠가부터 옆에' 있었으니까.

모모는 이어서 이렇게 톡을 보내왔다.

— 뭔가 인생 살면서 한 번 이상은 꼭 보고 싶은 그런 사람 있잖아. U가 그런 사람이야. 요즘은 한국을 못 가니까 몇 년 뒤 얘기일진 모르겠지만.

난 짧고 굵게 답장을 보냈다.

— 다음에 셋이 같이 보자.

보내자마자 아차 싶었다. U에게도 의사를 물어봤어야 했는데. 그래도 다 통하겠지? 말을 안 해도 알고, 말을 하면 더 잘 아는 사이니까.

모모는 곧바로 답장을 보내왔다.

— 그래, 기회가 되면 꼭!

우리 셋이 '꼭' 만나면 좋겠다. 다음에는 모모한테 딸도 꼭 데려오라고 해야겠다. (딸은 벌써 한국인 이모가 둘이나 생겼다!) 분명 재미있을 것 같다.

벌써부터 기대된다.

꿈과 시간의 바깥

나이를 먹어가는구나, 싶은 느낌이 들 때가 바로 신곡을 듣지 않는 것을 깨달을 때다. 새삼 종종 느낀다. 그 외에 또 어떤 게 있을까.

어렸을 때부터 놀라울 정도로 연예인들에게 관심이 없었던 나는, 아이돌에게도 관심이 없어서 그룹 구성원들을 구분하지 못할 때가 정말 많았다. 얼굴 구분은 커녕 목소리도 구분하지 못하고 이름도 모른다. 소녀시대 멤버의 얼굴과 이름을 한 명씩 알기까지 한참이 걸렸고, 지금도 트와이스는 모모랑 정연밖에 모른다. 그럼에도 신곡에는 관심이 엄청 많아서 자주 찾아 듣고, 가사를 읽고, 요즘 문화 트렌드 혹은 핫한 노래는 무엇인가에 대해 많이 생각한다. 아이돌도 모르고 가수 목소리도 모르는데 정작 신곡은 꼭 찾아 듣는 사람.

그랬는데, 그렇게 하지 않은 지 1년 정도 된 것 같다. 그러다 그저께부터 다시 아이유의 노래를 쭉 들었다. 그리고 노래 하나에 꽂혔다. 「시간의 바깥」이라는 노래. 목소리 색도, 선율도 너무 좋지만, 가사를 어떻게 이렇게 예쁘고 곱게 쓸 수가 있는지. 작사가는 아이유였다. "하려다 만 괄호 속의 말"이라는 가사를 들었을 때는 꾸욱 누르고 있었던 감정들이 풀려날 것 같았고, "기록하지 않아도 내가 널 전부 기억할 테니까"에서는 그동안 스쳐 지났던 많은 이들을 떠올렸다. "여전히 많아 하고 싶은 말, 우리 좀 봐, 꼭 하나 같아"는 기어코 눈물을 차오르게 만드는 부분이었다.

그리움. 아련함. 기다림. 세 가지가 뒤섞여 있는 노래 같다고 생각하다가 결국 가사 해석을 이리저리 찾아보았다. 의견들이 분분했다. 아이유의 다른 노래랑 연결되어 있다는 말도 많았고, 다른 노래의 후속작일 수 있고, 어떠한 사건 혹은 친구를 되새기는 노래일 수도 있단다. 하지만 결국 본뜻은 아이유만이 알 것이다. 국어 교과서에 실린 시들을 분석하고 아무리 시대적인 해석을 달아도, 시인이 "그거, 그런 뜻으로 쓴 거 아닌데?"라고 할 때도 있는 것처럼. 본인이 쓴 시에 대해서 본인만큼 가장 잘 아는 사람이 있을까.

「시간의 바깥」 노래만 무수히 되풀이하며 들었다.

마음이 잔잔해졌다가, 슬퍼졌다가, 우아해졌다가, 기뻤다가. 온갖 감정이 요동을 쳤다. 한번 노래에 제대로 꽂히면 지겨워질 때까지 그 노래만 듣는다. 그러더니 새벽에는 꿈을 꿨다. 긴 꿈이었다. 원래 꿈을 자주 꾸는 편이긴 하지만 이번만큼 길고 생생하고 다양한 내용으로 오랫동안 꾼 건 오랜만이라서, 그래서 잠시 깬 채로 누워 있었는데 다시 잠들어 버렸다. 완전히 깬 후에는 일기가 쓰고 싶어진 것 같다.

눈가가 소금이 낀 것처럼 바스락거린다.

꿈속에서 아빠는 갑자기 차를 민트색으로 도색했다. 현재 차는 은색인데, 갑자기 온통 밝은 비취색으로 칠해버리신 것이다. 왜 그랬는지 묻고 싶었는데 꿈속에서 목소리가 나오지 않았다. 그때 나는 차가 진짜 멋있다고 생각했다. 이런 차가 다시는 없을 것 같았으니까. 하지만 그 차를 내게 줄 건 아니잖아. 어차피 내 것이 아니었다. 어느새 장면이 바뀌어서 한때 목멜 정도로 짝사랑했던 분이 나타났다. 첫사랑이라고 부를 수 있는 사람, 진짜 '어른'인 사람이었다.

누구에게나 설레고 풋풋한 첫사랑은 있다고 하지만 나는 완전히 다른 느낌이었다. 설렘보다는 믿음이었고, 관계가 풋풋하다기보다 많이 성숙했다. 당시에 엄청 의지했던 사람이고, 정신적으로 완전히 기댔던 생각이 난다. “집에 들어가고 싶지 않아요. 왜 이렇게 힘들까요?” 엉엉 울면서 말하면 가만히 다 들어준 다음에 그래도 부모님 걱정 끼치면 안 되는 거라면서, 내가 안 들어갈까 봐 반드시 집에 데려다주었다. “사는 게 너무 힘들어요. 왜 저만 이렇게 힘든 것 같죠…….” 그러면 “바다 보러 갈래?” 하고 바로 가까운 곳으로 달렸던 기억이 난다. 지쳐서 잠든 사이 휴게소에서 키위주스랑 아이스 아메리카노를 사주셨던 기억도. 어리고 중심이 없던 나에게 중심을 만들어주었던 사람이었다. 일방적인 짝사랑에 현명하게 대처해 준 사람이었다. 그랬던 분이 꿈에 나타나서 내 이름을 불러주면서, 너 요즘 많이 힘들구나, 하고 말씀하시니까 순간 억장이 무너지며 울다가 깼다.

세상 모든 물질에는 ‘무게 중심’이 있다. 중력이 있다면 그 중심이 아래로 가라앉아 더 흔들리지 않도록 잡아줄 터이다. 나 자신이 중심이라면 가장 좋을 일이지만, 그게 아니라면 마음을 붙일 무언가를 찾아야 한다. 그게 더더욱 무겁고 좋은 중심이길 바라고.

중심이 있다면 잔바람에도 흔들리지 않는다.

고양이라는 이름의 마법

"강아지랑 고양이 중에 키워야 한다면 어느 쪽을 키울래?"라는 질문을 받으면 사람들은 대부분 기쁘게 고민하다가 하나를 선택한다. 그렇지만 나는 "음……. 모르겠어. 안 키울래"라고 대답하곤 했다. 동물의 귀여움을 좋아하는 것과 삶을 공유하는 것은 다른 일이니까.

한 생명체를 책임진다는 건 절대 쉽게 생각할 일이 아니다. 반려동물과 함께 살고 있는 사람들을 보면 대단하다는 생각부터 든다. 그 사람들의 사진첩에 있는 반려동물들을 보면 사랑스러운 것도 사실이고. 사람이 애정을 주는 것의 몇 배 이상으로 돌려준다는데 어쨌거나 겪어보진 못해서 잘 모를 일이었다.

어제는 정말 우울한 날이었다.

가끔 그럴 때가 있다. 다 잘 안될 것 같고, 잘 안 풀리는 것 같고, 의욕 하나도 없고. 되게 스스로가 작아지는 느낌 들고. 나 잘 사는 건가 싶고. 인생이란 무엇인가 생각하고. 나란 존재는 무엇인가 생각하고.

인터넷 생방송을 해야 하는 날이었다. 방송 스튜디오로 가려고 집을 나섰다가 지하철을 울면서 탔다. 마스크가 얼굴을 많이 가려줘서 다행이었다. 그렇게 목적지 역에 도착하고. 천천히 길을 걷고, 언덕을 넘고. 바람이 너무 심해서 머리가 다 흐트러졌는데도 그냥 내버려두고. 그렇게 방송 스튜디오에 도착했다.

방송 스튜디오라고 하지만 대단한 건 아니다. 그냥 일반 가정집인데, 방송인 친구가 편하게 방송을 해도 된다고 하면서 방 하나를 기꺼이 빌려줬던 것이다. 방이 네 개나 있어서 그중 하나를 방송할 때 와서 사용해도 좋다고 했다. 컴퓨터와 캠도 직접 세팅해 주었다. 덕분에 1년 정도를 마음 편히 방송할 수 있었다. 평생 고마울 친구다.

아무튼 이 친구는 고양이 한 마리를 키우고 있다. 고양이 이름은 '히로'다. 평소에 그 집에 들어가면 현관문 앞에 있던 히로가 긴 꼬리를 살랑거리며 반겨주곤 했다. 내 다리 사이를 왔다 갔다 하면서 몸을 비비곤 했는데, 그 모습이 정말 귀엽다. 처음 봤을 때는 그 귀여움에 치여서 심장이 아플 정도였다.

마스크를 내리고 눈물 자국을 전부 닦아냈다. 그리고 도어락 비밀번호를 열고 들어갔는데, 그런데 히로가 다가오지 않았다. 이상했다. 좀 떨어진 곳에서 가만히 나를 쳐다보기만 하는 것이다. 왜 곁에 안 오는 걸까, 내 에너지가 축축 쳐져서 그런 건가? 우울함에 동화되고 싶지 않은 걸까? 왜 평소처럼 내 다리에 몸통을 비벼주지 않는 걸까. 이름을 계속 불러보아도 다가오지 않았다. 멀리서 빤히 바라보기만 하길래 포기하고 방으로 들어갔다.

컴퓨터를 켜고, 캠을 조정하며 방송 준비를 했다. 그때 히로가 방으로 살그머니 들어오더니 컴퓨터 본체 위에 쪼그리고 앉았다. 그리고 나를 또 빤히 쳐다보았다. 아까는 계속 불러도 안 오더니…….

만질까 말까 하다가,
양손을 뻗어서
히로의 볼을
살살 쓰다듬어 보았다.

히로는 누군가 자기를 만지는 걸 좋아하지 않아서

바로 도망가곤 하는데, 이날은 신기하게도 쓰다듬는 내내 계속 가만히 있었다. 쓰다듬는 내내 내 눈을 계속 쳐다보면서 아이 콘택트를 해주었다. 정말 빠안히. 히로의 또렷한 눈동자를 보다가 갑자기 또 울컥해서, 눈물이 났다.

몇 분 후, 히로는 내 손을 빠져나갔다. 이제 방을 나가는가보다 싶어서 방송 시작 버튼을 클릭했다. 그런데 히로는 나가지 않았다. 모니터가 놓인 책상 위를 사뿐사뿐 돌아다니더니 고개를 돌려 나를 슥 쳐다보았다. 나가려는 게 아니었나? 방송은 이미 ON이 되었는데.

히로는 갑자기 키보드 쪽으로 와서는 내 허벅지를 향해 한쪽 발을 뻗었다. 또 나를 슥 쳐다보고 표정을 살피는 것 같더니 다른 한 발을 또 뻗었다.

최대한 가만히 있어봤다.

그랬더니,

사뿐히 내 위로 올라오면서,

자기의 몸 전부를 내 허벅지와 배에 밀착시켰다.

그렇게 히로가 내 품으로 온전히 들어왔다.

품에 들어온 건 처음이었다.

이렇게 먼저 다가와 줄 줄은 몰랐는데.

그 순간만큼은 우울한 게 다 풀리는 것 같았다.

'인간, 너, 오늘 왠지 이상해, 그러니까 내가 특별히 품어 줄게' 하는 느낌.

마법처럼, 갑자기 치유되는 느낌.

갑자기 다 괜찮아지는 느낌.

새삼 신기하고 놀라운 생명체였다. 너무 예쁘고 너무 사랑스러워서, 그렇게 몇 분 가만히 있었다. 저절로 미소가 나오고, 같이 사진을 찍어보고. 한참을 가만히 쓰다듬어줬다. (그날 방송의 주인공은 히로가 되어 버렸다.)

시간이 흐를수록 차분해졌다. 아까 내가 왜 울었는지 기억도 안 날만큼. 이런 게 동물에게서 선물 받는 위로구나. 이게 바로, 몇 배로 돌려준다는 그 애정이라는 거구나…….

히로에게 정말 정말 고마웠다.

그 집은 고마움과 따뜻함으로 이루어져 있다.

"

넌 우울할 때 무엇을 하니?

어떻게 견디고 있어?

혹은 누가 위로해 주고 있어?

"

커피를 물처럼 들이켜는 요즘

멘탈이 흔들리는 정도가 아니라 그냥 다 녹아 없어진 것 같은 날이 있다.

어제 에어컨이 고장이 났다. 고장 접수를 했는데 너무 많이 밀렸다고 했다. 수리 기사님이 언제 올지 알 수 없었다. 하루 종일 선풍기만 켜놓고 일을 해야 했다.

프리랜서로 일하던 때, 일을 생각보다 너무 과하게 받았다고 생각했다. 살면서 이렇게 일을 많이 한 적은 없는데. 이렇게 방대한 양인지 몰랐는데 심지어 작업비도 너무 별로고. 이 일 끝나면 다시는 이따위 비용 받으면서 일하지 않겠다고 다짐했다.

커피를 주식처럼 마셨더니 속이 쓰리다.

밤이랑 새벽에 집중이 잘되어서 어제는 새벽 6시까지 일하다가 잤다. 일찍 출근하시는 엄마한테 혼이 났다. 새벽에 더 집중이 잘되는데 어떻게 해, 그럼……. 이라고 속으로만 생각했다.

엄마가 출근하신 다음에, 창문에 있는 암막 블라인드를 끝까지 내린 후 다시 누웠다. 하필이면 몇 분 지나지 않아 에어컨 수리 기사님으로부터 전화가 왔다. 아침 8시 30분이었는데, 30분 후쯤에 방문하겠다고 했다. 어쩔 수 없이 일어났다. 두 시간 정도 자긴 잤나? 혼이 반쯤 나간 상태로 고치는 걸 지켜보았다.

기사님이 에어컨을 수리하는 도중에 물을 부으면서 테스트를 했다. 그런데 하필이면 물이, 엄마가 아끼는 캘리그래피 작품 액자 속으로 튀었다. 순식간에 종이가 젖고 말았다. 붓으로 쓴 작품이었는데 먹물이 이상하게 번져버렸다. 돌이킬 수 없었다. 에어컨은 고쳐졌지만 작품은 고칠 수가 없었다.

그 당시에 틈날 때마다 하는 게임이 있었는데, 그 게임을 너무 오래 쉬었더니 계급 강등이 코앞이었다. 꽤 높은 계급으로 올려두었던 것이라서 강등을 당하면 속상할 것 같았다. 그래서 그저께 다른 일을 하면서 틈틈이 세 판쯤 했는데 패배하면서 강등이 된 바람에 다이아1로 내려갔다. 기분은 뭐 그냥 그랬다. 일단 게임할 때가 아니라고 생각해서 끄고, 다음 주에 다시 마스터 계급으로 올려야지, 생각했다.

그런데 오늘 아침, 친구가 '나르 너무 사기야'라는 톡을 보내와서 그게 무슨 소린가 했다. (나르는 그 게임 속 캐릭터 중 하나의 이름이다.) 어제가 시즌 종료일이라고 했다. 그래서 다 초기화되었고 새로운 시즌이 시작되었다고. 그렇게 나는 계급을 강등당한 채로 시즌이 종료되어 버렸다. 더 높은 계급 성적표를 받고 싶었는데, 이렇게 허무하게 초기화될 줄 몰랐다. 시즌 종료일도 모르는 주제에 무슨 마스터 티어냐. 스스로에게 화가 치솟았다.

맛있는 거라도 해 먹어야지 싶었다. 오랜만에 요리를 하려고 했다. 그런데 접시를 꺼내던 중 손에서 미끄러졌다. 사기 접시였는데 바닥에 떨어지면서 즉시 깨져버렸다. 애용하던 접시였는데 산산조각이 나버리다니……. 조심조심 접시 조각을 주워서 치웠다.

어찌 저찌 프라이팬에 고기를 구웠는데 먹기 시작하려던 중 다른 회사에서 연락이 왔다. 안 받을 수가 없었다. 밥 먹던 중에 갑자기 일 얘기를 하니까 너무 스트레스였다. 대체 밥을 어디로 먹었는지 모르겠더라.

한 달 전에 뮤지컬 티켓을 예약했었다. 공연 날짜는 모레였다. 그런데 코로나 때문에 공연이 취소되었다. 좋아하는 배우들 나오는 회차로 겨우 예약했던 건데. 라이브 보면서 힘내려고 했는데. 돈은 환불받았지만 마음이 회복되지 않는다.

의자 방석에 뭐가 진하게 묻어서 손빨래를 하려고 했는데, 도저히 기력이 안 나서 세탁기에 방석 딱 하나만 넣고 돌렸다. 그런데 묻은 게 안 지워져 있다. 왜 안 지워진 건지.

밖에는 세차게 비가 온다. 어디 가기도 애매해져 버렸다. 울고 싶어졌다. 이럴 때 U한테 전화를 할 수 있다면 기분이 한결 나아질 텐데……. 친구에게 전화를 할 수가 없다는 사실에 더 슬퍼져 버렸다.

“

안 좋은 일이 겹치는 날,

뭘 해도 다 꼬이는 것 같을 때,

그럴 때는 어떻게 해야 괜찮아질까?

”

진심 칭찬

누군가가 진심으로 인정해 주는 '나'. 처음으로 '나'를 알아주는 사람은 절대 잊지 못한다. 부모님이든, 친척이든, 친구든. 그 시간도 오래오래 기억에 남는다. 또, 진심이 담긴 칭찬은 사람을 성장하게 한다.

초등학교 4학년, 특별활동 부서를 선택해야 하는 날. 나는 동시 짓기 반을 선택했다. 어떤 순서로 선택하게 되었는지는 기억이 나지 않는다. 단지 일기 쓰는 것을 좋아했고, 동시 쓰는 법을 배워보고 싶다고 생각했다.

일주일에 딱 한 번 있는 특별활동 시간. 담당 선생님께서는 매주 좋은 시를 낭독해 주셨고 다 함께 감상하는 시간을 가졌다. 시를 공부하거나 분석하는 시간이 아니라 오로지 감상만 하는 시간이라 좋았다. 그런 다음, 선생님은 그 시와 연관되어 있는 소재를 하나 뽑아주셨고 각자의 공책에 시를 쓰게 하셨다. 다 쓴 사람은 공책을 선생님께 가져가서 보여 드렸고, 옆에 앉아 감상평을 들을 수 있었다.

대체로 조용한 아이들이 모여서인지 매 수업 시간마다 고요하고 평화로운 분위기였다. 시를 써서 가져가면 선생님은 늘 칭찬을 해주셨다. 수업 시간이 끝나기 전에는 잘 쓴 시 몇 편을 직접 낭독해 주셨고, 아이들과 함께 느낌이나 생각을 나누곤 했다.

동시 짓기 반에서 매주 나는 칭찬을 들었다. 처음에는 기분이 좋았다. 하지만 몇 주째 칭찬의 말만 듣게 되자 이상했다. 그곳에서는 나뿐만이 아니라 누구나 다 칭찬을 받을 수 있었다. 동시를 어떻게 쓰든지 선생님은 칭찬을 해주시는 것 같았다. 맹목적인 칭찬이었다.

'선생님의 칭찬은 진짜일까, 가짜일까?'

의무적으로 해주시는 건 아닐까? 선생님이니까. 그럼 어디까지가 진실인가. 동시를 잘 쓰든 못 쓰든 무조건 칭찬을 해주시는 것 같다는 의심이 계속 들어서, 하루는 동시를 '이상하게' 써보기로 했다.

그날의 주제는 '연못'이었다. 어떻게 대충 쓸까 고민한 다음, 한 줄에 한 글자씩 끊어 쓰기 시작했다.

연
못
에
돌
을
던
지
면
퐁
당
퐁
당
말
을
한
다

3분도 안 걸렸다. 곧바로 일어나서 선생님께 다가갔다.

"선생님."

"응, 질문 있니?"

"아니요. 다 썼어요."

"벌써? 어디 볼까?"

선생님은 미소를 지어주셨다. 내 공책을 들여다보시더니, 몇 초 후 "어머나!"라는 말을 시작으로 엄청난 리액션을 해주셨다. 이어서 또 온갖 칭찬을 쏟아내셨다. 나는 혼란스러움에 사로잡혀 아무 말도 할 수 없었다.

'대충 쓴 건데…….'

평소처럼 헤실거릴 수가 없었다. 역시, 어떻게 쓰든 칭찬을 받는 거였다. 심지어 그날 수업에서 제일 잘 쓴 시로 뽑혔고, 선생님은 찬찬히 낭독해 주셨다. 아이들에게 박수까지 받았다. 기분이 좋지 않았다. 좋지 않다기보다는, 이상했다. 게다가 열심히 썼을 때는 이만큼 칭찬을 받지 못했던 것 같은데 대충 썼더니 칭찬을 왕창 받는다고? 그럼 어떻게 하라는 말인가. 심통이 난 나머지 혼자 입을 삐죽거렸다.

특별활동 시간이 끝나 집에 갈 시간이 되었다. 건물 밖으로 나가서 실내화를 운동화로 갈아신었다. 그때 누가 옆에서 내 책가방을 툭툭 쳤다.

"야."

목소리가 들린 곳으로 얼굴을 돌렸다. 체격이 왜소한 남자애가 혼자 서 있었다. 같은 동시 짓기 반 녀석이었다. 얼굴은 알지만 대화를 해본 적은 없었는데. 갑자기 왜 말을 거는 거지?

"나? 왜?"

내가 키가 훨씬 더 컸다. 난 녀석을 내려다보았고 녀석은 날 올려다보았다. 이 녀석은 갑자기,

"너, 동시 진짜 잘 쓴다."

라고 말했다. 어리둥절했다. 또래한테 '동시를 잘 쓴다'는 칭찬을 받은 건 처음이었다.

"내가 동시를 잘 쓴다고?"

"어. 아까 감동 받았어."

갑작스러운 칭찬. 고맙다고도 못하겠고, 무슨 대답을 해야 할지 몰라 당황한 나머지 퉁명스럽게 대답했다.

"뭘 감동까지 받냐?"

"진짠데."

잠깐 정적이 흘렀다. 나는 솔직하게 말하기로 했다.

"……. 그거 대충 쓴 건데?"

"어?"

"엄청 빨리 냈잖아. 대충 쓴 거야."

"헐……."

"그러니까 감동 받지 마. 선생님이 이상한 거야. 알겠어? 그거 칭찬받을 시 아니라고."

괜한 애한테 투정을 부리는 중이었다. 그러면서, 속으로는 씨익 웃었다.

'이제 안 감동스럽겠지?'

그런데 그 녀석의 입에서는 생각지도 못한 말이 나왔다.

"헐. 너 천재야?"

"어?"

"대충 쓴 거라며. 근데 너무 잘 쓴 거 아냐?"

"아, 아니… 나는……. 진짜 대충 막 썼다니까?"

당황스럽기만 했다. 이 녀석은 나에게 칭찬을 해줄 의무가 있는 것도 아니었고, 애초에 나와 알고 지내던 사이도 아니었다. 나에게 칭찬을 건넨다고 해서 뭐가 달라질 것도 없었다. 그런데도 먼저 다가와 말을 걸고, 너무 잘 썼다며, 심지어 천재냐고 물어보다니.

"퐁, 당, 퐁, 당, 그 부분에서 감동 받았어."

"……. 아, 몰라! 나 간다!"

나는 후다닥 뛰어가며 운동장을 가로질렀다. 대충 쓴 게 부끄러웠고, 또래한테 이런 좋은 평가를 듣게 되어 부끄러웠다. 심장이 두근두근 뛰는 걸 알았다. 솔직히 말하면 선생님이 해주시는 칭찬보다 더 좋았다.

다른 주제는 하나도 기억이 안 나는데 이날의 주제인 '연못'이 유일하게 기억에 남는 걸 보면 확실히 강렬한 사건이긴 한가 보다. 그날 이후로 나는 동시를 좀 더 열심히 썼다. 대충 쓰면 안 될 것 같았다.

그리고 우리는 친구가 되었다. 가끔 마주치면 쑥스러운 듯 인사를 하고 지나갔다. 한 번도 같은 반이 된 적은 없지만, 특별활동 동시 짓기 반이 끝나자 딱히 만날 일도 없어졌지만, 놀랍게도 이 녀석은 나랑 초등학교, 중학교, 고등학교를 모두 똑같은 학교로 졸업한 유일한 친구가 되었다.

이 친구가 바로 모모다. 이름에 '모' 자가 들어가서 '모모'라는 호칭을 붙여주었다.

칭찬은 '양'보다 '질'이 더 중요하다고 생각한다. 많은 칭찬을 좋아하는 사람도 있겠지만, 과한 칭찬은 불순물이 섞인 것 같아서 자꾸 받다 보면 가짜처럼 느껴질 수도 있으니까. 빈 칭찬은 사람을 공허하게 만든다. 하지만 진심이 담긴 칭찬은 한마디만 들어도 바로 안다.

나도 누군가를 알아주는 사람이고 싶다. 멋진 모습을 발견하여 '진심 칭찬'을 해주고 싶다. 누군가의 단점보다는 장점을, 미운 점보다는 좋은 점을 알아주고 싶다. 그 사람이 점점 성장하는 모습을 응원하고 싶다. 그만큼 나도 함께 성장하고 싶다.

그래서 진심 어린 칭찬을 건네고 싶다.

“

너에게도, 너를 진정으로 알아준 사람이 있었니?

그때 기분은 어땠어?

”

첫 만남

어떤 기회가 다시는 오지 않을 거란 확신이 들 때가 있다. '이건 절대 아니다'라는 생각이 들면 안 하는 게 맞지만, 할까 말까 고민이 된다면 어느 정도 마음이 생겼다는 얘기다. '고민'이라는 녀석에게 시간을 뺏기고 싶지 않다면 '일단 해보는' 걸로. 선택에 대한 결정은 나중에 그 시간을 돌이켜 봤을 때 후회가 남지 않으면 되는 것이다. 딱 그 정도면 된다. 그럼 잘 한 선택이다.

중학교 1학년, 체육 수업이 끝난 때였다. 교복으로 갈아입은 다음에 담임선생님이 시킨 심부름을 하고 돌아오던 중이었다. 그러다 복도에서 뛰기 시작했다. 다음 수업에 늦을 것 같아서. 복도에서는 절대 뛰면 안 된다는 교칙이 있었지만 아무도 없길래 뛴 거였다.

그러다 어떤 남자 선생님에게 딱 걸리고 말았다. 눈이 마주치자마자 우뚝 멈추었지만, 선생님은 이리 오라는 손짓을 하셨다. 고개를 떨구고 다가갔다.

선생님은 날 빤히 쳐다보셨다. 처음 뵙는 분이었다. 정말 '빠-안-히' 보셔서 몇 초간 스캔당하는 기분이었다. 선생님은 내게 1학년 몇 반인지를 질문하셨고, 나는 죄송하다며 앞으로 복도에서 절대 뛰지 않겠다는 말로 대답을 회피했다. 그런데 선생님은 이상한 질문을 하셨다.

"너, 방송부 할래?"

"네?"

그때 수업 시작종이 울렸다.

"방송부 해봐."

"저 이미 다른 부서 들었는데요?"

뜬금없는 이야기였다. 방송부는 학기 초부터 모집해서 이미 면접도 보고 부원도 다 뽑혔다고 알고 있었다. 방송부원으로 보이는 선배들이 계속 홍보활동을 하며 돌아다녔고 게시판 이곳저곳에 공지문도 붙어 있어서 알고 있었던 것이다.

"괜찮아. 너 말해놓을 테니까 오늘 수업 끝나고 방송부실로 가. 어딘지 알지?"

"죄송한데, 방송부에는 관심 없어서요……."

방송부를 담당하시는 선생님이신지 여쭈었으나 아니라고 하셨고, 그럼 지원자가 부족한 것인지 여쭈었으나 그것도 아니라고 하셨다. 그저 선생님은 계속 방송부를 권하셨다. 이유도 없이. 대체 왜? 물음표의 연속이었다. 손에 땀이 났다.

"선생님, 저 교실 가야 하는데…… 수업 늦었어요……."

"나랑 상담하다가 늦었다고 해라. 난 2학년 물상 가르쳐."

"네, 감사합니다. 그럼 안녕히 가세요……."

"그래, 오늘 끝나고 방송부실 찾아가는 거 잊지 말고!"

선생님의 마지막 말에는 대답을 하지 않았다.

그리고 또 복도를 뛰었다.

수업을 어떻게 들었는지 모르겠다. 의아했다. 왜 그 물상 선생님은 처음 본 내게 방송부를 권하신 거였을까? 그 당시 방송부면 '인싸'나 다름없었다. 어느 학교든 방송부라고 하면 "오!"하는 느낌이 있었으니까. 아무나 들어갈 수 없는 곳. 학생회와 더불어 학교의 중심이 될 수 있고, 방송 일로 인해 수업을 빠져도 선생님들이 모두 인정해 주시는 부.

착잡했다. 방송부라…… 재미있을 것 같기도 하고……. 방송부가 되었다고 하면 반 아이들이 날 조금은 덜 괴롭히지 않을까? 나랑 조금은 친하게 지내려고 하지 않을까? 이렇게 눈치를 보면서 지내지 않아도 될 것 같은데……. 한번 찾아나 가보자는 결론을 내렸다.

종례가 끝나자마자 방송부 앞으로 갔다. 방송부실 문 앞에서 크게 심호흡을 했다. 똑똑, 하고 두 번 노크를 했지만 아무 대답이 없었다. 조심스레 문 손잡이를 잡고 돌렸다.

문을 열자 좁은 통로 같은 게 나타났다. 양옆에 있는 커다란 책장에는 책과 비디오가 엄청 많이 꽂혀 있었다. 바로 옆에는 방음벽처럼 된 문이 닫혀 있었다.

'이 안에서 방송을 진행하는구나. 신기하다…….'

천천히 발을 떼었다. 들어와서는 안 될 곳 같이 느껴져서 발소리를 죽였다.

몇 걸음 더 들어가자 오른쪽에 큰 공간이 나타났고 컴퓨터와 카메라 여러 대와 큰 앰프, 마이크 등이 있었다. 한쪽 벽은 창문으로 이루어져 있었다. 오후 햇살이 들어오는 중이었다. 창문 너머로는 우리 학교의 정원 길이 보였다.

가장 안쪽에는 여학생 한 명이 혼자 앉아 무언가를 하고 있었다.

"저기……."

여학생이 뒤를 돌아보며 일어섰다.

머리를 단정하게 하나로 묶은,

앞머리가 없어 이마가 환한,

얼굴이 정말 흰,

테가 얇은 안경을 쓴 소녀.

안경알이 정말 투명했다.

"안녕하세요. 무슨 일로 오셨어요?"

"어… 오늘… 방송부 찾아가라는 말을 들어서요."

"그래요? 선생님 아직 안 오셨어요. 여기 잠깐 앉아서 기다리실래요?"

"네."

이 소녀가 바로 내 친구 U다.

이렇게 우리는 처음 만났다.

내가 아이들로부터 고립되지 않았다면,

그날 심부름을 받지 않았다면,

만약 시간이 촉박하지 않았다면,

내가 복도에서 뛰지 않았다면,

그 물상 선생님이 아니었다면,

내가 방송부에 찾아가지 않았다면,

U를 만나지 못했을 텐데.

첫 라디오 방송

함께 있기만 해도 힘이 되는 사람. 존재만으로도 든든하게 느껴지는 사람. 그런 사람들에게 받았던 힘만큼, 나도 누군가에게 그런 사람이 되면 좋겠다고 자주 생각한다.

1학년 2학기, 춘추복을 입던 때. 난 처음으로 교내 방송을 진행했다.

그날은 촉촉하게 비가 내리던 날이었다. 날씨를 대체 어떻게 기억하느냐고? 왜냐하면 "빗소리랑 네 목소리가 잘 어울리더라" 하는 평을 들었던 날이기 때문이다. (이 말을 해준 친구는 나에게 너도 강해져야 한다며 '씨발'이라는 말을 처음 가르쳐준 친구이기도 하다.)

점심 라디오 방송을 맡았던 아나운서 선배가 급히

대타를 구하고 있었다. 컨디션이 매우 좋지 않으셨던 것 같다. 다들 사정이 있어 스케줄을 바꾸기 어려웠는데, 그러던 중 대타로 내가 선정되어 버렸다. 엄청 당황스러웠다. 발음 교정 훈련을 다같이 받기는 했지만, 난 아나운서 자리는 생각도 없었기 때문이다. 아나운서 선배는 대본을 그대로 낭독하면 된다고 하면서 종이를 넘겨주셨지만, 마이크에 대고 홀로 진행을 해야 하니 걱정이 태산이었다. 그렇다고 못 하겠다고 할 수도 없고…….

어깨 위에 납덩이가 올라와 있는 기분이었다. 아침 방송이 끝난 후 교실로 올라가는 내내 머리가 복잡했다. 그런데 U가 내 어깨를 톡톡 치더니, 작게 속삭였다.

"너무 걱정하지 마. 오늘 점심 방송 엔지니어 나야. 그럼 이따 봐."

U는 그 말을 남기고 '쿨'하게 자기 반으로 들어갔다. 이 사실을 알자마자 납덩이가 사라져 버렸다. 점심 라디오 방송을 할 때는 음향 엔지니어가 감독이나 마찬가지였으니까. 마음이 완전히 놓였다. U와 함께라면 충분히 할 수 있겠다는 생각에.

오전 수업 중간중간 대본을 보며 멘트 연습을 했다. 그리고 대망의 점심시간, 파이팅을 외치고, 부스 안으로 들어가 마이크 앞에 앉고, 헤드폰을 쓰고서 대본 종이를 잡았다.

유리창 너머에 있는 U의 얼굴을 보고,
큐 사인에 맞춰 멘트를 시작하고,
U의 눈동자와 손짓을 중간중간 확인하며,
차분하게 방송을 진행했다.

음악이 흘러나올 때면 잠깐씩 부스 바깥으로 나왔다. 점심 방송 담당자들은 식당에 갈 시간이 없었다. 방송 중간중간 마이크가 꺼져 있을 때 도시락이나 빵 같은 걸 먹으며 때워야 했다. 그날 U랑 먹은 달콤한 꽈배기 도넛이 지금도 기억난다. 비 온 날이라서 그랬는지, 설탕이 빵으로 금방 스며든 바람에 눅눅해져 있었다. 그럼에도 굉장히 맛있게 먹었다.

그게 내 첫 방송이자 마지막 방송이었다. 아나운서들은 더 이상 대타를 구하지 않았고, 나도 자진해서 아나운서를 지원하지 않았기 때문이다. 방송을 진행하지 않는 것에 대한 아쉬움은 전혀 없었다. 다만 U와 눈 맞춤을 하며 함께하는 시간이 더 이상 없었던 게 아쉽다.

마음의 그릇

나이와 인자함이 꼭 비례하지는 않음을 알고 있다. 오래 살았다고 해서 그만큼 속이 깊어지는 것도 아니고 어리다고 해서 생각이 짧은 것도 아니더라. 어쩌면, 마음의 그릇도 타고나는 게 아닐까.

U와 내가 동시에 화가 났던 일이 하나 있다. 샌드위치 사건. 기억이 조금 흐릿해지긴 했지만 그날의 감정만큼은 분명하다. U는 진작에 잊은 사건일 텐데 나는 왜 아직도 기억이 나는지.

방송부 3학년 선배들이 졸업을 앞두고 있을 때였다. 학교 지하에 있는 다용도실을 빌려서 방송부 1학년들이 직접 요리를 하고 선배들을 대접하는 날이 있었다. 조금은 중요한 이벤트였다. 맛있게 만들면 선배들 눈에 뛸 수 있고, 그러면 나중에 원하는 포지션을 담당하게 될 수도 있었다. 우리는 샌드위치를 만들기로 정했고 1학년 여섯 명이 모두 모여서 만들기 시작했다.

그때 난 U가 요리하는 모습을 처음 봤다. 앞치마를 두르고 집중하는 모습이 멋있었다. 게다가 U가 만든 샌드위치는 정말 맛있어 보였다. 분명 같은 재료를 사용했는데도 유난히 예쁘고 맛있어 보여서 눈에 띄었는데, 나만 그런 생각을 한 게 아니었다. 동기들도 다 U의 샌드위치를 칭찬했으니까. 요즘 말로 '금손'이었다.

그런데 하필이면 그날 무슨 행사가 있었던 것 같다. 선배들이 모두 바빴던 것이다. 다용도실에 올 시간이 없을 정도로. 우리는 샌드위치를 완성하고서 마냥 기다렸다.

그러다 어느 선생님께서 다용도실에 들르셨다. 우리가 뭘 하고 있는지 궁금해서 오신 줄 알았는데 아니었다. 일손이 부족하다며 뭔가를 좀 도와달라고 하셨다. 두 명만 와보라고 하셔서 문 가까이에 있던 나랑 U가 따라나섰다. 그런데 그 사이 일이 벌어졌다.

선생님의 일을 다 도와드린 다음 다용도실에 돌아왔더니 아무도 없었던 것이다. 재료들도, 도구들도 전부 치워져 있었고, 만들어둔 샌드위치는 다 사라져 있었다. 가장 못나게 생긴 샌드위치 한 개만 책상에 덩그러니 놓여 있었다.

알고 보니, U랑 내가 자리를 비운 사이에 선배들이 샌드위치를 가져오라고 했던 것이다. 하필이면 타이밍이……. 동기들은 한 개만 딱 빼놓고 모조리 챙겨갔는데, 이때 가장 화가 나는 건 U가 직접 만든 예쁜 샌드위치를 U가 직접 드리지 못했다는 것이다.

그러니까 마치 이런 것이다. 프레젠테이션을 열심히 준비해서 멋지게 완성했는데, 잠깐 자리를 비운 사이에, 다른 사람이 그 프레젠테이션으로 발표하면서 공을 모조리 가로채 가는 일. 심지어 제작자한테는 말도 하지 않고, 허락도 받지 않고서.

아마도 아나운서 자리를 희망하고 있던 그 애가 U가 만든 샌드위치를 가져갔을 것 같았다. 초반부터 워낙 선배들에게 이쁨 받고 싶어했던 아이였고, 무엇이든지 자기가 앞장서서 한다는 걸 드러내고 싶어하는 성격이었으니까. 살다 보면 꼭 그런 사람을 보게 된다. 윗사람들로부터 굉장히 이쁨 받고 싶어하는 사람. 자기가 제일 인정받아야 하는 사람. 그 애가 딱 그런 유형이었다. 가장 빛나고 싶어하고 잘났음을 보여주고 싶어하는. 물론 그 나이대 애들이 그런 경우도 많고, 그게 꼭 나쁜 건 아니라고 생각한다. 그렇지만 타인에게 폐를 끼친다면 나쁜 거 아닌가?

화가 났다. 그리고 U가 속상해하는 게 느껴졌다. 내가 만든 샌드위치까지 다 가져가서 나도 화가 났는데, U는 오죽했을까. 우리는 뭘 먹으라고 저렇게 다 가져간 건지.

“내가 따질게.”

“아냐. 타이밍이 어쩔 수 없었어.”

“그래도! 걔가 분명 말 안 했을 거야! 자기가 만든 척했을걸?”

“……. 이미 지난 건 어쩔 수 없어. 선배들이 맛있게 드셨겠지. 그럼 그걸로 됐어. 괜찮아.”

내 추측이 맞았다. 선배들이 나중에 말하는 걸 들었는데 다 아나운서를 희망하던 애를 칭찬하는 것들이었다. “○○이 솜씨가 정말 좋더라. 맛있게 잘 만들었던데?”, “맞아! 진짜 예뻤어!” 이런 식이었으니까. 그 예쁜 샌드위치는 분명 U가 만든 건데, 아나운서 희망하던 그 애가 말을 안 한 것이다. 그 후로 그 애가 미워졌다.

그럼에도 U는 “이미 지난 건 어쩔 수 없어”라는 말을 하며 그 애를 미워하지 않으려고 했다. 아무리 생각해도 난 그 애가 너무 미웠는데……. U가 미워하지 않으면 나도 미워하면 안 될 것 같았다. 그게 조금 힘들었다.

U는 그 나이에 이미 마음 씀씀이가 넓은 사람이었다. 놀라울 정도로.

좋지 않은 마음을 금방 털어내는 것도 능력이다.

"
마음의 그릇이란 무엇일까.
어떻게 해야 넓힐 수 있을까.
이미 굳어진 마음 그릇은 넓힐 수 없는 걸까.
"

축하한다는 말

인간들에게는 분명 질투라는 게 있다. 남에게 좋은 일이 생기면 "난 왜 저렇게 안 되지?" 하면서 화가 나는 경우가 많고, 또 비교 심리도 있어서 남에게 안 좋은 일이 생기면 은근히 안도하기도 하고. 그런 마음이 '전혀' 들지 않는 사람이 있긴 있을까.

U와 나는 아쉽게도 2학년 때도, 3학년 때도 같은 반이 되지 못했다. 고통스러운 1학년이 끝나면서 제발 같은 반이 되게 해달라고 빌었는데…….

1학년이 끝나가는 겨울방학이었나? 아니면 봄방학이었던가. 2학년이 되기 전, 방송부 선배들이 1학년들의 포지션을 골라주는 날이 있었다. 아나운서, 엔지니어, 카메라 중에 가장 잘하겠다 싶은 주특기를 정해주는 거였다. 한번 배정받게 되면 바꾸지 못하는 게 당시 규칙이어서 꽤 중요한 일이었다. 그런데 애초에 방송부 신입을 뽑을 때 각각 지원한 포지션 비율을 고려해서 뽑는 거라고 했다. 난 학기 초에 뽑힌 부원이 아니라서 그 사실을 아예 모르고 있었다.

나는 카메라 담당으로 확정되었다. 기분이 좋았다. 그런데 엔지니어를 배정받은 동기의 표정이 조금 좋지 않았다. 원하는 포지션이 아니었던 걸까? 그 친구는 원래부터 엔지니어 하고 싶어했던 것 같았는데.

잠깐 화장실에 갔다가 방송부실로 들어올 때, 그 친구가 U한테 조용히 말하는 걸 들었다.

"카메라 맡고 싶었을 텐데, 갑자기 엔지니어로 정해져서 어떡해……."

아……. 순간 생각이 많아졌다. 슬쩍 보니, U의 얼굴이 굳어진 게 보였다. 어떻게 해야 좋을지 몰랐다. U가 처음에 카메라 담당을 하기 위해 방송부에 지원했다는 걸 아예 몰랐으니까.

내가 방송부에 들어오지 않았다면 U는 첫 지원을 했을 때 선택했던 포지션 그대로 카메라 배정을 받았을 것이다. 하지만 내가 그 자리를 뺏은 셈이다. 미안해졌다.

'선배들이 정해준 게 내 잘못은 아니긴 하지만… 미

안하다고 말을 해야 하나? 말을 아예 안 하는 게 낫나? 이걸 어쩌지…… 나 미워하면 어떡하지……. 난 U가 좋은데, 계속 잘 지내고 싶은데…….'

다른 동기들이 잠깐 방송부실을 나간 사이에 떠듬떠듬 말을 건넸다.

"그… 아마… 카메라들이 크고 무거워서 선배들이 나로 정했나 봐. 내가 아무래도 키도 크고 힘이 좋으니까……. 너도 카메라 지원한 줄 몰랐어. 내가 나중에 들어왔는데… 내가 엔지니어 한다고 할 걸 그랬다… 미안해……."

U는 살짝 미소를 지으며 말했다.

"뭐가 미안해? 잘하는 사람을 담당으로 정해주는 건데."

"그래도……."

"그런 걸로 미안해하지 마."

"응……."

"좋겠다. 축하해."

축하한다는 말을 듣는데도 차마 고맙다는 말을 할 수가 없었다. 중요한 역할을 가로챈 기분이 들었기 때문이다. 샌드위치를 빼앗겼던 것만큼이나……. 걱정도 했다. 나를 싫어하게 될까 봐서.

'앞으로도 계속 잘 지낼 수 있을까.'

걱정이 무색할 정도로, 우리는 똑같이 지냈다. 내가 카메라를 조작하고 있을 때면 U가 가끔 부러운 듯한 눈길로 바라보기는 했지만, 딱 그것까지만이었다. 내가 U를 한참 잘못 생각했다는 걸 깨달았다. 카메라 포지션을 차지한 일보다 U를 잘못 생각한 일이 더더욱 미안해졌다.

질투를 느낄 때면 뇌의 한 부위가 활성화되어 심적 고통을 느끼게 된다고 한다. 흥미로운 점은, 가까운 사람이 잘되면 그 부위가 특히 활성화된다는 점이다. 그러니까 질투는 정상적인 것이니 억누르려고는 하지 말자. 질투하는 마음 자체를 인정하되 조절을 하는 게 어떨까? "좋겠다. 부럽다." 정도로.

살다 보니, 잘되면 눈을 흘기고 흠집을 내려고 하는 경우를 너무 많이 봐서 지쳤다. 그래서인지 좋은 일이 있을 때 진심으로 축하해 주는 친구가 '진짜 친구'라는데, 그런 친구를 만난 나는 행운이다.

"
모든 것에 진심을 보여주는 너에게,
나도 늘 진심이고 싶어.
"

이야기,
셋

항상 너와
함께 하고 싶어

대학 생활이라는 것

중간고사가 끝난 덕에 약간은 한가해졌지만 그래도 항상 바쁘다. 뭘 하든 다 잘하고 싶은 욕심 때문에 더 허덕이며 뛰어다니는 건지도 모르겠다. 조금 더 높이, 조금 더 멀리, 조금 더 깊이, 조금 더 많이. 욕심은 정말 끝이 없구나. 지금 하늘은 아주 살짝 비를 뿌린다. 우산 없는데. 사실 비가 올 때마다 상상하는 건데, 누군가 와서 짠! 하고 내게 우산을 씌워주는 거 한번 겪어보고 싶다. 아까는 실습실에 앉아서 책을 읽고 있는데 작년에 들었던 수업의 교수님께서 내게 반갑게 인사해 주셨다.

"여어, 오랜만이네 자네! 학교는 잘 다니고 있나? 여전히 열심히 하고 있고?"

“안녕하세요, 교수님.”

“그런데 학생 이름이 뭐였더라?”

약간 당황했지만 그래도 기억해 주시는 것만으로도 충분히 기뻤다. 먼저 인사까지 해주실 줄은. 심지어 다른 학과 교수님이셨는데 기억해 주시다니 감동이기까지 했다.

앗! 방금은 인터넷 창이 확 꺼져버렸다. 쓰던 글이 날아가 버린 줄 알고 깜짝 놀랐는데 임시저장이 되어 있었다. 휴. 자동저장 기능과 임시저장 기능은 구원 그 자체다.

똑같지만 똑같지는 않은 일상 속에서 바동거리고 있는 나.

손 편지

요즘 손 편지를 쓰는 사람들이 얼마나 있을까? 나우누리. 천리안. 하이텔. 이런 인터넷이 처음으로 나왔을 때, 이어서 이메일이 나왔을 때 다들 놀랐던 게 기억난다. 더 이상 '진짜 종이 편지'를 쓰지 않아도 전자우편을 통해 편지를 쉽게 보낼 수 있게 되었으니까. 아마 그때부터였을 것이다. 손 편지가 훅 줄어들었던 때가.

그러고 보면 U도 나도 말수가 적었는데 그때는 뭐가 그렇게 할 말이 많았는지 모르겠다. 방송부실에서도 자주 봤고 장미 동굴에서도 자주 봤는데, 심지어 쉬는 시간에 종종 만나 편지를 주고받고 했으니. 같은 반이 아니어서 더 애틋했던 거였을까?

U와 손 편지를 교환할 때마다 힘들고 답답했던 것들이 사라지는 기분이었다.

사실 나는 초등학생 때도 친구들하고 손 편지를 자주 나누었다. 유난히도 편지를 많이 주고받았던 한 친구가 떠오른다. 편지에서는 서로의 이름을 부르지 않고 애칭을 썼는데 그 친구의 애칭은 '키다리'였고 나는 '보름달'이었다. 단어 특징 그대로, 그 친구는 키가 월등하게 커서 키다리였고 나는 얼굴이 정말 둥글둥글해서 보름달이었다.

키다리 친구랑 다른 반이었을 때는 물론 같은 반일 때에도 매일같이 편지를 주고받았던 걸 생각해 보면, 편지는 마음이 맞는 사람끼리 쓰는 건가 보다. 편지지 예쁘게 접는 법도 서로 알려주고 예쁜 펜 빌려서 쓰고 그랬다. 빈 박스를 하나 구해서 키다리 친구가 써준 편지를 전부 보관했었다.

더 생각해 보니 엄마의 습관을 내가 그대로 배운 것 같다.

우리 엄마는 '편지 대마왕'이었다. 내가 글자를 읽기 시작했을 때부터 짤막하게 편지를 써주셨다. 알림장에도, 일기장에도, 선물로 사주시는 책 앞장에도, 늘 엄마의 따뜻한 말과 사인, 날짜가 꼭 들어가 있었다. 가끔 집을 비우시게 될 때 식탁에 꼭 따뜻한 편지를 놓아두고 가셨다. 그렇게 집안 곳곳에는 엄마의 글씨가 돌아다녔다.

나도 엄마 생신이랑 어버이날, 혹은 특별한 날이 되면 손 편지를 써서 드렸다. 어쩌다 편지를 드리지 않으면 "왜 이번엔 편지가 없어? 빨리 써줘"라고 말씀하시며 은근히 강요(?)하셨다. 그럼 난 귀찮은 척했지만 써 드렸다. 그러고서는 "이번에도 편지를 써 드렸군. 후후……." 하면서 혼자 뿌듯해하고. 난 그걸 그대로 어린 동생에게 강요(?)했다. "내일 엄마 생신이니까 편지 써야 해!"라고. 그럼 어린 동생은 삐뚤삐뚤 서툰 글씨로 편지를 썼다. 엄마는 우리의 편지를 볼 때마다 세상 다 가진 듯 행복해하셨다. 그럼 또 답장을 써주시고. 매달, 매년 반복이었다. 그러니까 난 손 편지에 둘러싸여 자랐다고 해도 과언이 아니겠다.

그러다 나온 이메일. 혁신 그 자체였다. 키보드만 칠 줄 알면 금방 글자를 입력할 수 있었고, 쓰다가 틀리더라도 손쉽게 수정해서 보낼 수 있었다. 이메일용 예쁜 카드를 구경하다 보면 시간이 훌쩍 지나갔고, 음악도 같이 보낼 수 있게 되자 상대방에게 들려줄 좋은 노래를 고르며 시간을 보냈다.

휴대폰이 나오면서는 문자 메시지를 주고받기 시작하고, 스마트폰이 나오면서는 실시간으로 톡을 주고

받고. 수신 확인까지 되니까 전처럼 '편지가 잘 도착했을까? 읽기는 했을까?' 하며 마음 졸이는 게 아니라 '왜 답장이 안 오지? 내 말 무시하나?' 하며 답답해하는 시대가 되었다. 기다림의 낭만이 사라진 게 아쉽기만 하다.

손 편지는 체온을 고스란히 담는 일이다. 편지지를 고르는 일부터 시작해서 글을 쓰고 봉투에 담아 붙이는 일까지 그 모든 과정이 손으로 이루어지니까.

손으로 한 글자씩 쓰는 것이 조금은 귀찮을 수 있지만 그 이상의 기쁨으로 돌아오는 건 확실하다. 편지지에 글자를 써 내려가는 동안 마음을 정리해 볼 수도 있고, 잠시 숨을 고르는 시간을 가질 수도 있고. 봉투에 담지 않아도 좋고, 직접 건네주는 것도 좋고, 아니면 우표를 붙여 우체통에 넣는 것도 좋다. 어느 쪽이든, 손 편지라면 다 좋다.

나의 체온이 그 종이에 스며들어 받는 이의 손에도 그대로 전달되기에 서로 손을 잡는 셈이기도 하다. 그래서 멀리 떨어져 있어도 위안이 된다.

“

너랑 주고받았던 편지들은 내게 정말 큰 행복이었다.

마음을 꾹꾹 눌러 쓰는 시간도,

펼쳐서 한 글자씩 읽어 내려가는 시간도.

언제 또 손 편지를 써주지 않을래?

”

손편지 잘 쓰는 법

대학교에 입학하기 전, 필사筆寫를 정말 많이 했다. 소설, 시, 에세이까지 매일매일 책상에 앉아 따라 쓰며 글을 느꼈다. 대학에 들어가서도 종종 필사를 했지만, 내 인생에서 가장 필사를 많이 했던 때는 대학교 입학 실기시험을 준비할 때였다. 그때 어렴풋하게 느꼈던 것은 두 가지였다.

첫째, 어떤 펜을 쓰는지에 따라서 그때의 감정이 달라진다.

둘째, 쓸 때 유난히 기분 좋아지는 펜이 있다.

각자 '입맛'이 다 다른 것처럼 '펜맛'도 다 다르다는 걸 조금은 깨달은 것이다. 손에 맞는 펜을 찾게 되면

'쓰는' 게 좋아져서 글을 더 자주 쓰게 된다는 것도, 그리고 자주 쓰다 보면 점점 실력이 늘어서 조금씩 잘 쓰게 된다는 것도.

펜에 대해 얘기하다 보니 한창 펜 모으기가 유행하던 때가 떠오른다. 각양각색 펜을 모으는 게 취미였던 친구들이 있었다. 그 친구들이 가지고 있는 펜을 보면 종류도, 색깔도 다양했다. 새 펜을 샀다고 자랑하면 같이 구경하고. 용돈을 조금씩 아끼며 펜을 사 모았을 걸 생각하니 참 귀여운 취미다. 잃어버릴까 봐 걱정하면서 펜 끄트머리에 자기 이름을 써 붙여 놓은 친구들도 많았고, 누군가 펜을 빌려 가면 펜촉 뭉툭해지지 않게 조심해서 쓰라고 신신당부하고 그랬다.

당시 필통 두둑하게 펜을 가진 친구를 보면 신기했다. 저 펜들을 다 쓸 수는 있나 싶어서. 가격이 저렴한 펜도 많았지만 신형 펜들은 비싼 것도 많았는데, 끝까지 다 쓰지 않는다면 아깝지 않을까.

사실 난 펜 모으는 것에 별로 관심이 없었는데, 다양한 펜으로 편지를 쓰는 건 좋아했다. 예쁜 색깔 펜으로 글자를 쓰다 보면 글자에 생명을 불어넣어 주는 것 같았기 때문이다.

대학교 수업 중에서 정말 기억에 많이 남는 수업이 있다. 바로 시 창작 실기 수업.

수업 담당 교수님은 등단한 시인이었다. 열린 방식의 수업을 지향하셨는데 저학년은 들으면 절대 안 된다는 소문이 있었고, 호불호가 엄청 갈린다는 말도 돌았다. 동기들이 수강을 고민할 때 난 아무렇지도 않게 수강신청을 했다.

'뭐, 직접 들어보면 알게 되겠지.'

시 창작 실기 수업이기 때문에 모든 학생들이 시를 써야 했는데, 교수님은 수업이 시작되자마자 흰 A4용지를 나눠주셨다. 그리고 소재를 하나 정해주셨다. 그럼 그 소재를 가지고 수업 시간 내내 시를 써야 했고, A4용지에 시를 써서 제출하면 바로 피드백을 해주셨다. 시를 많이 써서 제출하면 그만큼 피드백도 많이 받을 수 있었다. (그렇지만 시가 잘 나오지 않아서 한 편 쓰기도 어려웠다.)

이 부분까지는 특별한 게 아니었다. 관건은 그 다음. 교수님은 시별로 모두 피드백을 해주실 예정인데, 그 후에는 종이를 찢어버릴 거라고 하셨다. 간혹 안 찢는 시가 있다면 그 시는 인정하겠다는 의미라고.

"제가 안 찢도록 잘 써보세요."

첫째 주는 오리엔테이션 겸 간단한 이론 수업이었고, 둘째 주에는 실전에 돌입했다. '설마 정말 찢으시나?' 반신반의했는데 정말이었다. 침묵 속에서 모든 학생의 시가 찢겨나갔다.

쫘아악, 쫘아악-

가슴이 찢어지는 소리가 강의실에 퍼졌다.

또 찢어지고,

다음 시도 찢어지고,

그다음 시도 찢어지고.

학생들의 얼굴이 하얗게 질렸다. 나도 이런 충격은 처음이었다. 동시 짓기 반 때는 선생님이 칭찬만 해주셔서 이상했는데 이곳은 찢어버리기만 하는 곳이라니…….

교수님은 A4용지를 박스 채로 중앙 탁자에 쿵, 하고 올리시며 이렇게 말씀하셨다.

"또 쓰세요. 종이 여기 많으니까."

이걸 충격 요법이라고 해야 할지, 열린 수업이라고 해야 할지. 호불호가 극명하게 갈릴 수밖에 없지 않나? 다들 아무 말도 못 했다. 아마 화장실 가서 울어버린 학생도 있었을 것이다. 저학년이 들으면 안 되는 이유를 확실히 알 수 있었다.

그러는 와중에 어떤 학생이 자기가 쓴 시를 더 이상 제출하지 않았다. 교수님이 왜 제출을 하지 않는지 묻자, 그 학생은 벌떡 일어섰다. 교수님을 노려보는가 싶더니, 직접 종이들을 북북 찢고 바닥에 내던져 버렸다. 그러고는 터벅터벅 걸어서 강의실을 나갔다. 문을 부수어버릴 듯 엄청 세게 닫고.

살벌한 분위기였다. 나머지 학생들은 당황해서 숨도 제대로 못 쉬고 있었다. 하지만 교수님은 재밌다는 듯 씩 웃으며 중얼거리셨다.

"거 쓰레기는 좀 치우고 가지. 그냥 가네."

셋째 주에 그 학생은 나오지 않았다. 수강 취소를 한 듯했다.

펜 이야기를 하다가 왜 갑자기 시 수업 이야기를 하느냐면, 바로 그 시간에 교수님이 이렇게 말씀하셨기 때문이다.

"궁금한 게 있는데, 왜 그렇게 다들 검은 볼펜만 써요? 내가 그러라고 한 적도 없는데?"

다들 '저게 무슨 소리지?' 하는 표정이었다.

교수님이 덧붙이셨다.

"자유롭게 써야죠. 파란 펜으로도 쓰고, 빨간 펜으로도 쓰고, 연필로도 쓰고, 만년필로도 쓰고, 네임펜도 써보고 해요. 왜 하나같이 검은 볼펜만 쓰냐고. 시험 보는 것도 아닌데. 도구에 갇히지 마세요. 시 쓰는 사람들이 그렇게 틀에 박혀 있으면 어떡해요?"

갑자기 머리가 띵, 했다. 아니, 처음부터 말씀을 해주시던가요……. 왠지 울컥하는 마음도 좀 들었다.

그날 이후로 나는 펜 종류를 좀 늘렸다. 특히 그 수업이 있는 날에는 필통이 두꺼워졌다. 다양한 펜을 번갈아가며 쓰다 보니 내 손에 잘 맞는 것을 다시 찾게 되었고, 기분에 따라 다른 펜도 사용해 가며 시를 썼다. 이로써 내가 생각했던 '펜맛 이론'은 인정받은 셈이지 않을까?

그 수업이 끝난 이후에도 나는 다양한 펜으로 시를 끄적였다. 개인적으로 '극호極好' 수업이었다. 매년 스승의 날이 되면 이 교수님께 안부 전화를 드린다.

손 편지를 쓸 때에도 조금 더 다양한 펜을 쓰기 시작했다. 글자만 쓰는 게 아니라 간단한 그림도 그려

보고, 다른 색으로 강조 표시도 해보고. 누가 보면 공부하는 것으로 보일지도 모르겠다. U에게 편지를 쓸 때도 막 파란색 펜으로 밑줄 쫙 치고, 별 모양도 그리고, 그랬다.

짧게 캘리그래피 그룹 수업을 받았던 적도 있는데, 그때는 확 와 닿았다. 붓 크기에 따라서도, 붓의 털 재질에 따라서도, 먹물 색에 따라서도, 종이에 따라서도 내 감정이나 기분에 변화가 온다는 것을. 붓은 평소 접하기 힘든 도구라 더 크게 느꼈던 것 같다.

어렸을 적에 펜을 잔뜩 모았던 아이들은 자기도 모르게 알고 있었던 게 아닐까? 펜에 따라서 감정이 달라진다는 걸. 일종의 '펜 테라피'랄까. 그러니까, 손 편지가 잘 안 써질 때는 다양한 펜들로 써보는 걸 추천하고 싶다는 결론을 내리며, 이 이야기는 끝!

우리는 모두 친구

대학교 1학년, 설레는 첫 엠티. 강원도로 2박 3일간 떠났다.

처음에는 서로 이름을 몰랐기 때문에 모두가 커다란 이름표 목걸이를 걸고 다녔다. 신입생들은 노란색 이름표를 걸고 있었다. 물론 나도 노란색을 걸고 있었다. 선배들은 하늘색 이름표를 걸고 있었고, 거기에는 각 선배들의 학번과 이름이 쓰여 있었다.

학교 운동장에서 출석체크를 한 후 버스를 타려고 줄을 섰다. 학과별로 모여서 타는 거였는데, 긴 생머리 여학생이 우리 학과 줄을 혼자 기웃거리고 있었다. 며칠 전에 했던 신입생 오리엔테이션 때는 분명 못 본 얼굴이었다.

'이름표가 노란색이네.'

오리엔테이션에 못 오는 경우도 있으니 대수롭지 않게 생각하고, 내가 먼저 인사를 건넸다.

"안녕. 너 신입생이야?"

"안녕! 응, 나 1학년이야! 너도?"

"응."

"와! 진짜 진짜 반가워! 나 친구 없는데, 우리 친구 할래?"

"응, 그래."

"와아아!"

이 여학생은 내 양손을 붙잡아 흔들면서 반갑다는 말을 반복했다. 엄청 밝은 목소리로 잘 부탁한다고 했다. 말 걸기를 잘했다고 생각하며 같이 버스를 탔다.

그런데 긴 생머리 여학생은 뭔가 독특했다. 선배들이 하라고 한 것을 잘 따르지 않았고, 자꾸 한 손을 번쩍 들어 올렸다. 할 말 있느냐고 하면, 어딘가 딴지를 거는 듯이 얘기했다. 예를 들면 이런 식이었다.

"저 찍으시면 기분 나빠요. 제 사진은 찍지 마세요. 저도 초상권이 있거든요."

"장기자랑 안 하고 싶은데요. 꼭 참여해야 하나요?"

"저 아침에 일찍 일어나기 싫은데요. 늦잠 자도 되나요? 몸 안 좋으면 쉴 수도 있는 거잖아요?"

신입생이 저렇게 당돌할 수 있다니. 다들 눈치 보기

바쁜데……. 끊임없이 주장을 내세우고, 심지어 똑 부러지게 얘기하는 모습이 당황스럽기만 했다. 선배들의 얼굴이 점점 어두워졌다.

긴 생머리 여학생이 온종일 손을 들고 요구를 하자, 결국 선배들은 화가 났는지 이 애를 따로 불러냈다. 긴 생머리 여학생은 "저요? 왜요?" 하며 걸어나갔다. 강당 문이 끼익 하고 열렸다가 쾅 소리를 내며 닫혔다.

바깥에서 크게 소리를 치면서 혼내는 목소리가 들려왔다. 신경이 온통 강당 문 바깥으로 쏠렸다. 1학년들은 전부 긴장하는 중이었다.

몇 분 후, 강당 안쪽으로 들어온 긴 생머리 여학생은 울었는지 표정이 좋지 않았다. 돌아오자마자 내 옆에 앉길래 조심스럽게 속삭였다.

"괜찮아?"

"아니."

"선배들한테 많이 혼났어? 소리 크게 들리던데……."

"어쩔 수 없지……. 그런데 내가 잘못한 거야?"

"아니야. 잘못이라고 생각 안 해. 단지… 서로 초면이고 단체로 움직이고 있는데, 네가 자꾸 의견을 강하게 내세워서 그런 거 같아."

"그런가? 그럼 조용히 있어야 돼?"

"아니야, 너 하고 싶은 대로 해. 그래도 분위기라는 게 있으니까, 나라면 조금 조용히 상황을 볼 것 같아."

그 후 긴 생머리 여학생은 조용해지나 싶었지만, 또 손을 들고 자기 의견을 크게 주장하기 시작했다. 선배들은 다 짜증이 묻은 표정이었고, 신입생들도 '저 애를 대체 어떻게 해야 되나' 싶은 표정들이었다.

감정이 격해진 몇몇 선배가 결국 쌍욕을 하기 시작했다. 혼잣말을 가장한 말이었으나 이 여학생 근처에서만 욕을 했다. 들으라는 듯이. 그러거나 말거나 긴 생머리 여학생은 또 손을 들었고, 또 주장을 내세웠다. 시간이 갈수록 분위기는 험악해졌고, 신입생들은 모두 눈치를 보게 되었다. 이러다가 또 아까처럼 데리고 나가는 건 아닌지, 걱정이 되었다.

2박 3일 중에서 둘째 날 밤. 신입생들끼리만 한 방에 모이는 시간이었다. 다 같이 술을 마시며 놀고 있었다. 그러던 중 방문이 벌컥 열렸고, 긴 생머리 여학생 이름이 크게 불렸다.

"너 당장 나와!!!"

"왜요? 저는 동기들이랑 있는 게 좋은데요?"

분위기가 또 살벌해졌다. 못 본 사이에 실수라도 한 걸까? 대체 무슨 행동을 한 걸까. 같이 있을 때는 괜찮왔는데……. 결국 긴 생머리 여학생은 방을 나갔고 한 시간이 넘도록 돌아오지 않았다. 폰으로 연락이라도 하지 않을까 싶어서 계속 확인했지만 아무 연락도 오지 않았다.

'하아……. 또 엄청 혼나고 울고 있는 건 아니겠지…….'

계속 신경이 쓰이던 차에 신입생들과 재학생들이 모두 모이는 시간이 되었다. 1학년들은 선배들이 모여 있다고 하는 넓은 방으로 이동했다. 방 안으로 들어가며 떠들썩하게 뒤섞이기 시작했다.

그런데 방에 들어가자마자 긴 생머리 여학생 얼굴이 눈에 들어왔다. 선배들 사이에 앉아 하하하, 웃으며 술을 마시고 있었다.

'뭐야, 여기 있었어? 표정은 괜찮네. 다행이다.'

안도감이 들려고 한 순간, 한 선배가 긴 생머리 여학생 앞으로 종이컵을 내밀었다. 그러자 긴 생머리 여학생은 소주병을 들어 올리더니 한 손으로 대충 부어주었다. 안도감이 와장창 깨졌다.

'헉…… 재 취했나? 선배한테 술까지 막 부어주고…….'

그때 긴 생머리 여학생이 입구에서 얼음처럼 굳어 있는 나를 발견했다. 한 손을 높이 흔들며 반가운 척을 했다.

"시은아! 어서 와! 이리 올래?"

옆자리를 손으로 탁탁 쳤다. 조금 당황한 나는 재빨리 옆으로 가 앉으며 귀에 속삭였다.

"괜찮아? 취한 거야? 많이 마셨어?"

"아니, 하나도 안 취했어."

"취한 것 같은데……. 아까 혼난 거 아니야?"

"내가 왜 혼나?"

"선배들이 너 불러 갔잖아."

이때, 긴 생머리 여학생은 자기 목걸이를 손으로 가리켰다.

놀랍게도,

이름표는,

노란색이 아니라,

하늘색이었다.

"어? 너……. 이름표가……."

무슨 상황인지 이해가 되지 않았다. 내가 어리벙벙한 표정을 짓자 긴 생머리 여학생은 씨익 웃었다. 한 선배가 큰 목소리로 "1학년 다 왔지? 안 온 사람 없지?" 하고 물었고 다들 "네에!" 하고 대답했다. 그러자

긴 생머리 여학생은 자리에서 일어나더니 이렇게 말했다.

"안녕하세요, 여러분! 다시 인사할게요. 저는 ×× 학번 ○○○입니다!"

그리고 하늘색 이름표를 들어 올리며 흔들었다. 1학년들은 모두 놀라면서 "헐!", "뭐예요?", "뭐야!" 하고 있었다. 신입생 학번보다 무려 7학번이나 높은 선배였다. 나는 너무 놀라 손으로 입을 틀어막았다.

"제가 휴학을 좀 오래 해서요. 이번에 복학해요. 일부러 1학년인 척하면서 소란 피워본 건데, 재밌었죠? 잘 속아줘서 고마워요! 앞으로 잘 부탁해요!"

언니가 그 말을 끝으로 자리에 앉자 왁자지껄해지며 분위기가 금방 풀어졌다. 7살이나 많은 언니였다니! 너무 동안인데? 장난치는 건 아니겠지? 아니, 그럼 첫날부터 신입생인 척 연기한 거야? 그동안 이 언니가 한 오버액션들이 스치고 지나갔다. 어색한 텐션도 분명 있었다.

긴 생머리 여학생은 순식간에 이름 뒤에 '언니' 혹은 '선배' 호칭을 달게 되었고 존댓말을 들었다. 누군가는 예상했다는 듯 크게 웃었고, 누군가는 "선배님들 다들 연기 너무 잘하시는 거 아니냐"며 웃었다. 다들 재미있어하며 웃는 와중에 나만 구석에서 눈물이 터졌다.

"아…… 뭐예요, 언니……. 흐어엉……."

"엥? 왜 울어?"

"진짜 걱정 많이 했다구요……."

"아이고. 그랬어? 아하하하!"

언니는 내 머리를 쓰다듬어줬다. 그럼에도 울음이 그치질 않았다. 계속 훌쩍거리며 울자 언니가 내 팔을 끌어당기면서 방 밖으로 데리고 나갔다. 난 울면서 질질 끌려나갔다.

"아유, 왜 이렇게 울어. 울지 마."

"얼마나 걱정했는데요! 한 시간째 안 돌아오니까!"

"미안, 미안. 많이 놀랐어? 울지 마, 응?"

"너무해요, 언니…… 다 속이구… 흐어엉……."

"아이, 참, 미안해. 울지 마. 내가 맛있는 거 사줄 테니까, 뚝!"

맛있는 걸 사준다는 말로 울음을 그치게 하려는 게 어이가 없어서 실소가 터지고 말았다.

"어! 웃었다! 웃었지? 그치?"

"아니…… 언니……. 사람이 우는데 맛있는 거 사준다는 말로 그치게 하시려고……."

"너 울다가 웃으면 어디에 털 나는지 알아, 몰라?"

"그게 뭐예요!"

반쯤 울먹이고 반쯤 웃자 언니는 나를 안아주며 등을 토닥여줬다. 덕분에 눈물은 점점 사그라들었고, 콧물만 좀 훌쩍였다.

“이렇게 걱정 많이 해줄 줄 몰랐는데. 고마워.”

“아니에요.”

“앞으로 잘 지내보자. 나 1학년 수업 안 들었던 게 많아서 너희랑 같이 들을 거거든. 잘 부탁해.”

“네. 저도요.”

이렇게 훈훈하게 마무리되나 싶었는데, 언니는 뜬금없는 소리를 했다.

“근데 너 아까까지 계속 반말하다가 왜 존댓말 써? 어색하게.”

“선배잖아요. 동기가 아닌데 어떻게 반말을 해요.”

“그래? 그럼 내 부탁 하나만 들어줘.”

“네? 어떤 건데요?”

“나한테 반말해 줘.”

“네???”

당황해서 눈물도, 콧물도 완전히 멈춰버렸다. 반말을 써달라고 하는 부탁이라니.

“반말해 주면 안 돼?”

“언니가 저보다 일곱 살이나 많은데…….”

“그게 무슨 상관이야?”

"아니… 그래도……."

"우리 친하잖아. 아니야?"

"어, 친해진 것 같기는 한데……."

"학교에서 보면 반말해 주기야. 알겠지?"

"음……."

"나, 너랑 친하게 지내고 싶단 말야. 거리감 생기는 거 싫어."

언니가 또 내 머리 위에 손을 올렸다. 쓰담쓰담, 해주는 찰나, 다른 선배들이 나와서 둘이 뭐하고 있느냐고 물었다. 대화를 마무리 짓지 못한 채 우리는 곧바로 방으로 들어갔다. 언니는 선배들 사이에 꼈고 나는 동기들 사이에 꼈다.

그렇게 엠티는 끝이 났다.

며칠 후, 학기가 시작되었다. 학교에서 언니를 자주 마주쳤다. 언니의 말대로 1학년 전공 수업도 같이 듣게 되었다. 내가 어색한 듯이 "안녕하세요"라고 인사를 하면, 언니는 "'하세요'는 빼고 인사해 줘"라고 했다. 하지만 모두가 언니한테 존댓말을 쓰고 있어서(이 언니는 당시 재학생 중에 가장 학번이 높았다) 차마 반말이 나오지 않았다. 그럼에도 언니는 나를 볼 때마다 매번 "반말해 주면 안 돼?"라고 말했고 나는 매번 "어떻게 그래요"라고 대답했다.

그렇게 2주 정도 흘렀다.

하루는 둘이 교내 식당에서 점심을 먹기로 한 날이 있었다. 언니는 돈가스를, 나는 비빔밥을 골랐다.

"잘 먹겠습니다."

"그랭."

언니는 나이프로 돈가스를 슥슥 썰면서 이렇게 말했다.

"내가 있잖아, 진지하게 생각한 게 있어."

"뭔데요?"

"지구의 나이."

"네?"

"지구의 나이에 비하면 우리 나이는 먼지에 불과할 거야. 그렇지?"

"……. 그런가요?"

"그러니까 우리는 모두 친구야."

"그럴 수도 있겠네요."

"따라서 너는 반말을 해야 해."

비빔밥을 삼키려다 사레가 들려서 캑캑거렸다. 언니는 재빨리 일어나더니 물을 떠다 주었다. 좀 진정되자 언니는 이어서 말했다.

"지구의 나이를 생각해 봐. 우리는 모두 친구라구."

"맞아요, 맞아요."

"너랑 나도 친구야. 근데 한쪽만 존댓말을 쓰는 건 이상해."

"안 이상해요."

"이상해."

"존댓말이든 반말이든 무슨 상관이에요. 친하면 친구 아닌가요?"

"그렇지? 무슨 상관이냐구! 그러니까 우리, 서로 편하게 반말을 하자!"

"아……."

"나한테 반말 안 하면 너랑 안 놀 거야!"

"……."

결국 내가 졌다. 지구까지 끌어와서 친구라고 하는데, 어떻게 이의를 제기할 수 있겠는가.

이날부터 언니랑 진짜 반말을 하는 사이가 되어버렸고 더 많이 가까워졌다. 자주 옆자리에 앉아서 수업을 듣기도 했다.

어느 날은 우연히 봉사활동을 같이 가고, 또 우연히 캠프를 같이 가는 등 이상하게 접점이 생겼다. 학교에 늦게 복학했는데도 언니는 해외로 자원봉사를 떠나고, 제주도로 교환학생을 가고, 중국으로 언어 연수를 가는 등 활발하게 움직였다. 활동 범위가 워낙 넓었기에 지금은 또 어디에 있는지 모르겠지만, 내가 많이 따랐고 많이 고마워했다는 걸 알았으면 좋겠다.

나도 친해진 후배들에게 반말을 써달라고 몇 차례 얘기를 했지만 후배들은 나한테 아무도 반말을 쓰지 않고 있다. 이 언니만큼 강력하게 주장하지는 않아서 그런 걸까. 좀 더 확실하게 얘기해 볼 걸 그랬나?

그렇다. 나이가 무슨 상관인가. 충분히 친구가 될 수 있다. 누구나, 마음만 맞는다면. 나이는 그냥 숫자고 우리는 모두 친구다. 열린 마음으로 서로를 솔직하게 대하면 된다. '열린' 마음을 갖는 게 세상에서 제일 어려운 일 중 하나 같지만, 쉬운 일이기도 하다. 상대를 있는 그대로 인정하고 온전히 받아들이는 것. 그리고 존중하는 것. 그거면 된다.

"

나이 차이가 좀 나는 친구가 있니?

나는 몇 명 있었거든.

배울 점이 정말 많다는 생각이 들어.

넌 어땠어?

"

이보다 더 열심히 할 수 없다고 자부할 정도로 최선을 다했는데도 결과가 좋지 못할 때는 온갖 부정적인 감정이 뒤엉켜 버린다. 아무리 중간 과정이 중요하다고 해도 결과보다 더 중요하지는 않다고 생각했다. 적어도 시험에서나 성적에서만큼은.

대학교 3학년 때 이야기다. 열심히 들었던 글쓰기 수업이 있었다. 어느 수업이든 열심히 들었지만, 유난히 이 수업 시간만 되면 너무나 좋았고 신이 났다. (시 수업처럼 가슴이 찢어지는 수업이 아니었다.) 과제도, 발표도, 참여도, 전부 열정적으로 했고, 결석도 한 번 없었고, 시험도 잘 봤다. 당시 과대표이다 보니 해당 수업의 반장 역할까지 맡게 되어 교수님 보조도 잘해 드렸다.

그런데 성적이 발표될 때 확인해 보니, 이 과목 성적이 B0인 것이었다.

'어? 이 애매한 학점은 뭐지? 뭔가 잘못된 것 같은데?'

말도 안 되는 성적이었다. 분명 착오가 있을 것이라는 생각이 들었다. 교수님께 바로 전화를 드렸다. 그런데 교수님은 전화를 받으시자마자 이렇게 말씀하셨다.

"네가 전화할 줄 알았다."

나는 성적에 대해 문의를 드리고 싶다고 조심스럽게 말씀드렸다. 그랬더니 이렇게 말씀하셨다.

"너는 당연히 A+ 받는 게 맞다. 그런데 왜 B0를 주었는지 모르겠냐?"

"……."

나는 잠시 생각해 본 후, 도저히 모르겠다고 했다. 그러자 교수님은 헛기침을 한번 하시더니 이렇게 말씀하셨다.

"내가 일부러 B0 줬다."

"네?"

"어때. 화도 나고, 억울하고, 그렇지?"

"……."

일부러 낮은 성적을 주셨다는 말을 들은 순간, 갑자

기 어이가 없어져서 대답할 말을 찾지 못했다. 일부러라고? 왜? 이런 경우도 있는 건가? 가만히 있자 교수님께서는 허허, 웃으셨다.

"아마 너는 평생 이 기억을 갖고 있을 거야. 억울해서라도 계속 생각날 거다. 안 그렇겠냐?"

"……."

"그러니까 너, 평생 글 써라. 꼭 계속했으면 좋겠다. 알겠냐?"

"아니, 교수님……."

"평생 글 써서 먹고 살아라. 만족하면 좋은 글 안 나온다. 억울해야 더 열심히 쓰는 거야."

"교수님, 그렇게 말씀해 주시는 건 감사하지만……."

"성적 변동은 없다. 그럼 끊는다."

정말로 전화를 뚝 끊으셨고, 몇 번 다시 연락을 드려도 받지 않으셨다. 당시에는 너무나 화가 났었다. 놀림당하는 기분이기도 했고 인정을 못 받는 기분이기도 했으니까. 내가 얼마나 열심히 했는데! 일부러 그러셨다는 게 도저히 이해가 안 됐다. 무엇보다도 이 과목 성적 하나 때문에 장학금을 못 받을 것 같다는 생각을 하니 억울함에 속이 터질 것 같았다. 장학금 받으려고 코피까지 쏟아가며 학교 다녔는데……. 설마 교수님께서 날 이렇게 엿(?) 먹이시다니…….

'아, 장학금 받아야 하는데……. 이번 학기는 받을 수 없나? 하아…….'

머리를 쥐어뜯었다. 억울함이 복받쳐서 조교님이라도 찾아가야 하나 싶었지만 제풀에 지쳐 포기했다. 학점을 절대 안 바꿔주신다는 걸 어떻게 하겠는가. 심지어 시험도 객관식이 아니라 서술형 문제 같은 거였으니.

그런데 반전이 일어났다.

성적 정정 마지막 날 확인해 보니, B0였던 학점이 놀랍게도 A+로 바뀌어 있었던 것이다! 교수님이 마지막 날에 맞추어 바꿔주신 거였다. 학점 평균 점수는 확 올라갔고, 다행스럽게도 장학금을 받을 수 있었다.

이렇게 바꿔주실 거였다니……. 허탈 그 자체였다.

한참 시간이 지나고 보니, 교수님 말이 맞았다. 살면서 가끔씩 그때의 기분과 감정이 떠오를 때가 있다. 내가 '정말 진짜 엄청 열심히' 했는데도 그만큼의 결과가 나오지 않을 때가 있다는 것. 다른 과목들처럼 평범하게 A+를 주셨으면 오히려 생각이 잘 안 났을 것 같다. 솔직히 말해서 아직도 그때를 생각하면 억울한 기분은 그대로고, 감사하다는 생각도 들지 않지만, 이 말씀만큼은 생생하게 기억에 꽂혀 있다.

"억울해서라도 계속 생각날 거다. 안 그렇겠냐?

그러니까 너, 평생 글 써라.

꼭 계속했으면 좋겠다. 알겠냐?"

놀랍게도 난 교수님이 그때 말씀하셨던 대로 살고 있다.

그렇지만 단 한 가지, 그 교수님께서 다른 학생들 성적은 제발 제대로 잘 주셨으면 좋겠다고 생각한다. 그때 심적인 파장이 너무 컸기 때문에. 장학금 받으려고 코피 쏟는 학생들 많단 말입니다. 들었다 놨다 하시면 학생들 운다고요…….

보통 대학교 고학년이 되면 미래에 대한 걱정이 들기 시작한다. 나이를 먹어도 미래에 대한 걱정은 그대로지만, 학생 신분이 끝나고 '진짜 사회'로 나가기 직전이야말로 가장 막막하고 어려운 시기다.

U와 나는 각자의 진로에 대해서 크게 말을 나누지 않았다. 아르바이트에 대한 이야기는 종종 했지만 취직에 대한 이야기를 나눈 기억이 없는 걸 보면, 전공하는 길이 달라서였는지도. 아니, 오히려 서로의 길을 확실히 알고 있었기 때문에 묻지 않았는지도.

나는 U가 당연히 음식과 관련된 분야로 취직할 거라고 생각했다. 워낙 손재주도 좋았고, 꾸미는 것도 좋아했고, 요리도 잘했고, 대학 전공도 그 분야를 선택했기 때문이다.

그러던 어느 날, 대학교 4학년으로 올라가던 때 즈음. 우리가 서로의 진로에 대해 고백하려고 결심한 날이 있었다.

그날은 왠지 취직에 대한 이야기를 해보고 싶다고 생각한 날이었다. 장소는 잘 기억이 안 난다. 분명 무슨 카페였는데……. 기억이 가물가물한 이유는 U에게 들은 이야기가 믿기지 않아서였다.

각자 마실 음료를 테이블에 올려놓고 뭔가 얘기하던 중이었는데, U는 분명하게 말했다.

"나, 수녀원 들어가."

이 핵심만 남아서 다른 부분들은 모두 부옇게 변했다.

얼떨떨했다. 가슴이 불안정하게 뛰었다. U가 거짓말을 할 리도 없고, 장난을 치는 것 같지도 않고. 굳건하게 말하는 태도에 놀랐다.

"어? ……진짜? 언제?"

최대한 담담한 척 물었다. U가 매주 성당에 나가고

독실하다는 건 알고 있었지만 수녀를 생각하는 줄은 상상도 못했는데. 다른 질문은 제대로 하지도 못했다.

U는 짧게 대답했다.

"곧."

수녀원은 4년 과정이라는 것, 먼저 2년을 잘 지내면 중간에 휴가를 짧게 받고, 그다음 또 2년이 시작된다는 것. 중간에 편지도 자유로이 보낼 수 없고, 외출도 당연히 안 되고, 휴대폰도 사용할 수 없고, 컴퓨터도 안 되고, 전부 다 안 된다니! 허용되는 걸 찾는 게 더 빠를 것 같았다.

가장 먼저 들었던 생각은 '군대보다 더 심하잖아……'였다. 갑자기 서로 멀어지는 것 같고, 나랑은 다른 세계 사람이 되어가는 것 같고. U가 위대해 보이고, 한편으로는 걱정도 들고. 다시는 못 보는 거 아닌가? 이대로 끝은 아니겠지? 아……. 이 묘한 느낌을 과연 누가 알까.

"혹시 힘들면 중간에 나올 수도 있어?"

"그런 사람도 있겠지?"

"……그럼, 힘들면 바로 나와! 내가 기다릴 테니까. 알았지?"

U는 웃어버렸다. 그 웃음으로 "안 나올 거야"라고 대답했음을 알았다.

그날 내 이야기는 중요한 게 아니었다. 이것저것 물어보던 중에 U는 외국 수녀들은 평소에 사복을 입는다는 것을 알려주었다. 외부로 나갈 땐 수녀 복장이 필수가 아니어서 평소에 사람들과 잘 동화되는 것 같다고. 하지만 우리나라 수녀들은 수녀복을 언제든, 어디서든, 반드시 입어야만 해서 U는 그 점에 조금 의문을 가지고 있다고 했다. 물론 업業에 있어서 복장도 중요하지만 본질이 과연 무엇일까 생각해 보게 되었다. (그럼 수녀복을 잘 때도 입어야 하느냐고 묻자, 정확히 잘 때만 입지 않는다고 했다.)

그날 이후로 따로 만나자고 할 수가 없었다. 수녀원 입회식을 준비하느라 바쁘다는 걸 느꼈으니까.

그날 U가 했던 말 중에 이것만큼은 확실히 기억이 난다. 수녀님들이 그리 먼 존재가 아니란 것을 사람들에게 알리고 싶다고, 많은 사람들에게 더 친숙하게 다가가고 싶다고. 그게 목표 같은 거라고.

나는 계속 끄덕이기만 했다.

마지막 선물

수녀원에 들어가기 전, U는 U의 모든 것을 하나씩 없애고 있었다. 가입한 인터넷 사이트들을 찾아 모두 탈퇴하며 계정을 없앴고, 이메일도 없앴고, 평소 쓰던 카드도 없앴고, 계좌번호도 없앴고, 여러 물건을 차근차근 없앴고, 마지막으로 휴대폰 번호도 없앴다.

U는 세상에 있던 흔적을 지우는 게 좀 이상하다고 했다. 정말 이 세상을 떠난다는 느낌이 든다고. 당시 나는 크게 생각해 보진 않았다. 지금 생각해 보면 확실히 이상할 것 같다. 어쩌면 이승을 떠나는 준비를 하는 것과 비슷한 거 아닐까. 갑작스럽지 않게, 천천히. 우리는 태어난 순간부터 '살고' 있지만 동시에 '죽어가는' 중이니까.

입회식 날이 되기 전까지 나는 U에게 자꾸 질문을 했다. 뭐 필요한 거 없느냐고. 선물을 주고 싶어서. U는 매번 "없어"라고 답하며 웃었다. 난 "아, 왜 없어!" 하며 살짝 투정을 부렸다. 빈손으로 보내고 싶지 않았으니까. 내가 줄 수 있는 마지막 선물일지도 모른다는 생각이 들었기에. 그럼에도 고민이 될 수밖에 없는 이유는 U가 '정말 빈손으로' 들어가야 하기 때문이었다. '성인인데 설마 개인 물건들을 압수하겠어?' 싶다가도 (압수라는 단어가 어울릴지 모르겠지만) 속세로부터 멀어져야 하는 분들이니 이해가 되기도 했다.

압수하기는 좀 애매하면서,
속세 생각이 안 나도록 하는 것.
그 애매한 선만 안 넘으면 될 것 같은데…….
그러면서도 유용하게 쓸 수 있는 것.
동시에 내 생각이 날 수 있도록 하는 선물.
대체 뭐가 있을까?

"펜이나 그런 건 어때?"
"거기 다 있지."
"손거울은?"
"안 필요할 것 같아."

"양말은 어떨까?"

"아니야."

"책도 안 돼?"

"안 될 것 같아."

"묵주는?"

"이미 있어."

답답했던 나는 옷 안에 돈을 숨겨서 들어가는 건 어떠냐면서 장난을 쳤다.

"그럼 현금 어때? 내가 용돈 줄게! 옷 안에 몰래 가지고 들어가."

U는 웃음을 터뜨렸다.

"아하하! 안 돼. 그리고 돈은 필요하지 않아."

"돈이 안 필요한 사람이 어딨어?"

"처음에 내고 들어가. 필요한 건 다 주실 거고."

"그럼 뭘 줘야 해?"

"안 줘도 돼. 정말로."

U는 준비하지 말라고 했지만 난 그러고 싶지 않았다. 세상에서 제일 어려운 선물이었다. 저절로 한숨이 새어나왔다. 그럼 뭘 줘야 하지?

선물이 서술형 문제 같을 때가 있다. 정해진 답은 없지만 잘 해내야 하는 것. 내 의도를 제대로 보여줘야 하는데……. 마음을 얼마만큼 담아야 하는지도 고민이고, 상대가 내 마음을 어느 정도나 알아줄지도 걱정이고, 얼마나 유용하게 쓰일까도 고려해야 하고.

며칠 동안 계속 고민에 고민을 더했다.

그러다 어느 순간, 반짝- 하고 좋은 생각이 떠올랐다!

"나 드디어 찾았어! 줄 수 있는 거!"

"뭔데?"

"립밤! 색 없는 걸로!"

"음……."

"작고 무색이고 향 없는 거. 어때? 그 정도는 통과되겠지?"

"어…… 여쭤봐야 할 것 같은데."

"어차피 로션은 다들 쓰신다며? 그러니까 립밤 정도는 괜찮지 않을까?"

"흐음……."

"친구의 마지막 선물이라고 하면 안 돼? 앞으로 선물도 못 주잖아."

"음, 알겠어. 아마 될 것 같아."

계속 조르던 중에 허락의 말을 듣자마자 뿌듯해졌다.

하나씩 비우는 U를 보며 그런 생각을 했다.
난 지금 내가 가진 모든 것을 정리할 수 있나?
없앤다, 라는 것과 비운다, 라는 것.
혹은 떠난다, 라는 것.
그때 내가 U처럼 무언가를 없앤 것은 없다.
나는 여기 그대로 있으니까.
하지만 U가 없어졌다는 것, 그게 제일 큰 변화였다.

사람은 빈손으로 태어나 빈손으로 간다. 대신 살고 있는 동안은 빈손일 수가 없다. 이 험난한 세상, 뭐라도 쥐고 있어야 살지. 필요한 것들은 많이 가지고 있을수록 좋고. 그런데 분명 살아 있는데도 자의적 빈손이 되는 것은 어떤 느낌인지 상상조차 되지 않는다. 그동안 일구었던 것을 모두 내려놓고 없애야 한다면……. 슬플 것만 같다.

너의 입회식

아직도 그때가 생생하다. U가 수녀원에 들어가는 날. 2013년 3월 중순이었다. 바람이 조금 쌀쌀했지만 날은 맑았다.

수녀원을 향하는 발걸음이 마냥 가볍진 않았다. 처음 가보는 낯선 지역이라 떨리기도 했고, U를 떠나보내야 하는 날이니 이상하기도 했기 때문이다.

주변에 꽃집이 없어서 계속 찾아다녔다. U가 꼭 꽃다발이 받고 싶다고 해서 준비하려고 했는데 폰으로 검색을 해봐도 꽃집이 안 나오고, 근처를 계속 돌아다녀 봐도 근방에 없었다. 미리 사 가면 이동하는 중에 시들까 봐 준비해 가지 않았는데, 그게 약간 후회가 되었다.

꽤 멀리까지 걸어 다니다가 작은 꽃집을 발견했다. 안도의 숨을 내쉬었다. 시간이 넉넉해서 다행이었다.

꽃집 안에는 마음씨 좋아 보이는 아주머니가 있었다.

"꽃다발 지금 바로 만들 수 있을까요?"

"그럼요. 마음에 드는 꽃으로 만들어 드릴게요. 골라보세요."

꽃을 고르지 못해서 시간이 오래 걸렸다. U에게 어떤 꽃을 줘야 하는지, 어떤 색을 골라야 하는지 계속 고민이 되어서. 수녀님들은 보통 어떤 꽃을 받으실까? 꽃을 받기는 하시나? 계속 끙끙거리자 꽃집 아주머니가 물으셨다.

"꽃다발을 어느 분께 드리는 거예요?"

"친구한테요."

"그러시구나. 오늘 무슨 날이에요? 생일이신가?"

"아뇨. 그게… 특별한 날이긴 한데……."

'입회식' 날이라고 말을 못했다. 단어가 주는 생소함도 있었지만, 입 밖으로 냈다가는 이별하는 것 같고, 괜히 눈물 날 것 같아서였다. 내 곁에서 떠나보내는 날인데…….

아주머니는 장미가 제일 무난하다고 하며 장미꽃을

권하셨다. 장미? 수녀님에게는 조금 안 어울릴 것 같은데……. U가 무슨 꽃을 좋아하는지 미리 알아둘 걸 그랬다. 이만큼이나 만나 왔으면서 친구의 꽃 취향을 모르다니! 바보 같았다.

뭘 골라야 좋을지 도저히 모르겠어서, 가장 무난하겠다 싶은 노란색 프리지어 꽃을 선택했다. 하얀 안개꽃도 섞어달라고 했다.

금세 꽃다발이 만들어져서 품에 안고 수녀원을 향했다. 프리지어 꽃말 중에 "당신의 시작을 응원합니다"라는 게 있다는데, U는 꽃말을 알고 있었을까?

수녀원으로 들어갔을 때는 조금 놀랐다. 축제 분위기 같아서였다. 화려하진 않았지만 내부를 여기저기 꾸민 티가 확실히 났다. 입회하는 분들의 가족들과 친척들이 많이 오신 듯 보였다.

입구로 들어서자마자 수녀님들께서 친근하게 맞이해 주셨다. 누구를 찾아오셨느냐고 해서 처음에 무심코 U의 이름을 말했다가, 곧바로 U의 세례명으로 다시 말하며 친구라고 이야기했다.

"아, 친구분이시구나! 보통은 가족분들이나 친척분들만 오시는데. 정말 잘 왔어요."

아, 그건 몰랐는데. 내가 참석해도 괜찮은 자리일

까? 특별한 날에 초대를 해준 U에게 고마웠다.

또 다른 수녀님께서 내 이름을 물어보시길래 무심코 말씀드렸다. 그러자 이런 제안을 하셨다.

"와, 이름 너무 예쁘다! 얼굴 보니 수녀 하면 좋을 것 같은데? U랑 같이 수녀 할 생각 없어요? 잘해줄게요!"

순간 난 "네에?" 하면서 웃음을 빵 터뜨렸다. 그러자 그 수녀님도 "아하하하!" 하시며 크게 웃으셨다. 순간 영업이라도 당하는 것 같았다. 내 표정에 잔뜩 긴장한 티가 나서 풀어주려고 말씀하신 거였겠지만, 농담이라고 하기엔 진담이 반쯤 섞인 거 아니었을까? 다시 생각해 보니 참 유쾌하신 분이구나, 싶다. 수녀님들이 다들 엄숙하기만 한 건 아니었다.

건물 옆에는 흰 천이 깔린 테이블이 꽤 많았다. 테이블들 위에는 다과도 있었고, 액자에 끼워진 사진들이 많이 있었다. 정말 천천히 살펴봤다. 예비 수녀님들의 사진도 있고, 수녀님들도 계셨던 것 같고. 사진들 속에서 난 열심히 U만 찾아보았다. 그동안 입회 준비를 이렇게 많이 했구나. 말도 없이 언제 다 했을까.

그런데 입회자 이름 목록을 보자마자 가슴이 쿵, 내려앉았다. U가 분명 총 다섯 명이 입회한다는 이야기를 해줬는데, 거기엔 입회자 이름이 넷만 있었다. 한 분이 취소하셨음을 직감했다. U가 말하길, 입회식 직전에 취소하는 경우도 드물게 있다고 했다.

마음이 조금 아렸다. 함께 찍은 사진들 속에는 분명 다섯 명이 있는데 한 분의 이름이 빠져 있으니까. 포기를 하신 걸까? 아니, 포기라는 단어를 쓰면 안 되겠다. 그분은 결정을 내리기까지 얼마나 힘들었을까. 수녀의 길을 걷겠다는 결정이 쉬운 일이 아니었을 것이고, 쉽게 뽑히신 것도 아닐 것이고, 게다가 입회를 취소하는 것도 쉬운 일이 아니었을 텐데. 솔직히 조금은 궁금하다. 그분은 지금 어떤 길을 걷고 계실까.

혼자 서성이고 있었는데 U의 어머니께서 날 먼저 발견하시고 인사를 건네주셨다. 여기까지 와줘서 고맙다는 말, 꽃다발을 준비하지 못해서 걱정하고 있었는데 준비해 줘서 고맙다는 말. 내 성격이 조금만 더 싹싹했더라면 평소에 자주 인사도 드리고 했을 텐데, 조금 죄송해졌다.

정해진 시간이 되어 건물 안으로 들어가 앉았다. 그렇게 입회식이 시작되었고, 드디어 U를 볼 수 있었다. 이때는 마치 결혼식 같다고 생각했다. 흰 드레스 입은 신부들은 대기실에 있다가 식이 시작되면 등장하는데, 마치 그런 느낌이 들었기 때문이다. 흰 블라우스에 회색 조끼를 입고, 회색 치마를 입고, 머리를 단정하게 하나로 묶은 채 둥근 망을 쓰고 서 있는 U를 보니 마음이 경건해졌다.

식 중간에 인상 깊게 남은 장면도 있었다. 수도사님들, 그러니까 예비 신부님들께서 축가를 부르신 장면. 검은색 긴 망토 같은 수도사복을 입고 노래를 불러주시는 모습이 신기하면서도 멋졌다. 같은 길을 걷는 동료들을 진심으로 환영해 주는 분위기였다.

사실 입회식 끝날 즈음에는 조금 울었다. 이상하게 눈물이 흘러나왔다. 가족분들과 친척분들은 모두 행복한 미소를 짓고 계셨는데 나만 운 것 같다. 아닌가? 조용히 눈물을 훔친 분들도 계셨을까? 귀한 딸이 입회하는 모습을 보면서 부모님들은 어떤 마음이셨을지.

식이 끝난 다음, 잠시 자유 시간이었다. 안과 밖에서 자유롭게 거닐며 시간을 보낼 수 있었다. 드디어 U에게 꽃다발을 줄 수 있었다. 좋아하던 U의 얼굴이 기억난다. 노란색 꽃이 U와 그렇게 잘 어울린다는 걸 처음 알았다. 그리고 작은 선물을 건네주었다.

바로, 손가락 크기만 한 투명색 립밤. 포장도 하고 싶었지만 참았다. 최대한 수수하게, 최대한 별것 아닌 것처럼 보이게 하고 싶어서였다.

실은, 립밤만 주고 싶진 않아서 편지도 썼고, 그 안에 내 사진도 하나 끼워 넣었고, 내 휴대폰 번호랑 집

주소도 적어놓았다. 언제든 나한테 편지를 보낼 수 있도록 새 편지지들과 편지 봉투도 넣었다. 아무것도 아닌 것처럼 보이는 것들이지만 내 마음을 전부 담은 물건들을 보며 U가 가끔은 미소 지을 수 있기를 바랐다. (U의 말에 따르면, 모두 잘 가지고 들어갔다고 했다. 다행이다.)

서로를 안아준 다음에 짧게 인사를 나누고서 수녀원을 나왔다. U가 가족들이랑 더 시간을 보내는 게 좋을 것 같아서였다.

이상한 기분이었다. 엄청 커다란 걸 두고 나오는 것 같았다. 2년 후에 만나자는 약속을 하고 나왔는데도…….

그렇게 난 혼자가 되었다.

"

오롯이 혼자가 된 기분.

붙잡고 싶은데 놓아야만 하는 때.

다시 만날 수 있으리라 믿지만

다시 만났을 때 우리는 그대로일지 불안할 때.

몸이 멀어지면 마음도 멀어진다는데…….

"

힘들 때 "괜찮다"고 반대로 말하면 힘듦이 쌓인다. 건빵을 왕창 먹은 것처럼. 속에 쌓이고 또 쌓이다 보면, 그대로 응어리진 채 남아 있다. 이 마음이 어떤 방향으로 터질지는 알 수 없으니 조심해야 할 일이다.

혼자 그 마음을 풀려면, 우는 것도 방법이다. 사람들이 혼자서 가만히 자신의 마음을 들여다보며 울어봤으면 좋겠다. 눈물은 왜 짠맛인지 생각해 보면서. 아니면 훌쩍 여행을 떠나 보는 것도 괜찮겠다. 민들레 홀씨를 후우욱 불어주는 것처럼, 여행지에서 응어리를 불어서 다 날려보내 주고 돌아오는 건 어떨까.

혹은 둘 다. 낯선 어딘가로 떠나서 울어보는 것. 내 속에 들어 있는 눈물주머니가 가벼워지는 만큼, 마음도 홀가분해진다.

U는 가끔 "성당 다닐 생각 없어?"라고 물었는데, 그때마다 난 "생각해 볼게" 하며 배시시 웃었다. 웃음으로 거절한 셈이다.

어렸을 때 성당을 다닌 적이 있고 교리 공부도 했던 건 사실이지만, 단지 엄마 손을 잡고 따라간 것이었다. 얼떨결에 세례명도 받았지만 잘 사용하지 않았다. 그럼에도 U는 내게 편지를 쓸 때마다 내 이름 옆에 세례명을 꼭 같이 써주었다. 만약 U가 성당을 같이 가자며 여러 번 더 권유를 했다면 마지못한 척(?) 갔을 것 같기도 하다.

나는 현재 종교가 없지만, 굳이 선택하라고 한다면 불교를 고를 것 같다. 아무래도 대학교의 영향이 커서일까. 다녔던 대학교가 불교 재단이어서 '자아와 명상'이라는 과목과 '불교와 인간' 과목을 필수로 들어야 했다. 학교 안에는 절이 있고, 절 안에서 수업을 듣는 경우도 종종 있었다. 담당 교수님이 스님인 강의도 많았다. 교내 식당 중에는 채식당도 있었다. 특히 우리 학교가 예뻐지는 날은 축젯날이 아닌 '부처님 오신 날'이었다.

템플스테이도 가보았다. 딱 한 번.

우리 학교는 학생들이 템플스테이를 신청하면 1박 2일 동안 다녀올 수 있도록 해주었다. 참가비는 단돈 만 원. 아니, 2만 원이었던가? 아무튼 학생들에게 부담 없이 신청해 보라는 취지였던 것 같은데 홍보가 좀 부실했던 듯싶다. 내가 3학년이 끝날쯤에야 알게 되었으니……. 그래서인지 신청자 수도 적어서 스무 명 남짓이었다.

취직에 대한 고민이 깊었던 때라 마음이 무거웠던 겨울. 드디어 템플스테이를 가는 날, 학교에서 모였다. 두꺼운 잠바를 입고 목도리를 둘렀는데도 추운 날이었다. 출석 체크를 한 다음에 한 친구와 함께 학교 버스를 탔다.

절에 도착하여 방에 짐을 푼 후 절에서 주신 옷으로 갈아입었다. 두꺼운 생활 한복 같은 것이었는데 펑퍼짐해서 편했다. 편한 건 둘째치고, 옷을 입자 '정말 템플스테이를 하러 왔구나' 싶은 마음이 들면서 동시에 세상으로부터 열 걸음쯤 벗어난 기분이 들었다.

절 주변에는 한 차례 눈이 온 듯, 바닥에 눈이 쌓여 있어 온통 하얬다.

인솔해 주시는 스님께서 조를 짜주셨고, 조별로 모여 협동하는 시간을 가졌다. 부처님이 그려져 있는 커다란 종이와 크레파스를 주시더니 조별로 색칠해 보라는 미션을 받았던 게 생각난다. 유치하다 싶었는데 오랜만에 크레파스를 쥐니 재미있었다. 이게 바로 아트테라피 같은 건가? 우리 조는 부처님의 피부를 고동색으로 칠해서 흑인 부처님을 그렸다. 완성된 것을 제출하자 지도해 주시던 스님께서 웃음을 터뜨리신 게 기억난다.

늦은 오후 즈음부터 눈이 내리기 시작하더니 절 주변은 더더욱 하얗게 되었다.

식사는 예상대로 채식이었는데 꽤 괜찮았다. 기름지지 않아 맛있고 담백했다. 그다음에는 무슨 탑을 돌며 산책도 하고 타종도 했던 것 같은데, 마음을 비우고 싶었던 때였는지 잘 기억이 나진 않는다. 날씨는 분명하게 떠오른다. 눈이 꽤나 많이 와서 흩날렸고 절 마당에 계속 쌓이고 있었다. 그리고 쉬는 시간에, 같이 갔던 친구와 서로 사진을 찍어줬던 기억이 어렴풋하게 남았다. 즐겁게 웃었던 기억이 난다.

가장 인상 깊었던 건 새벽의 108배 시간이었다. 밤 10시쯤 취침하고 새벽 4시에 강제로 기상하자마자 졸린 눈을 비비며 108배를 하러 갔다. 급히 참여하느라 세수도 하지 않았던 것 같고, 잠이 덜 깬 상태였던지라 졸면서 절을 하기 시작했다. 하품을 참느라 눈물이

고이기도 했다. 천천히 숫자를 세면서 엎드렸다가 일어나기를 반복했는데, 그런데 웬걸, 절을 하면 할수록 정신이 맑아져 갔다.

잡념이 없어지고,

온전히 나라는 존재를 느끼고.

세상과 차단되고 나니까 들렸다.

절을 하면서도 들렸다.

내 마음의 소리 같은 것이.

지금 내가 힘들구나, 그런 걸 알았다.

눈물이 쏟아져 나올 것 같았다.

결국 조용히 울면서 절을 했다.

눈물은 눈 아래로, 뺨을 타고,

턱까지 주르르 내려와 앞섶으로 떨어졌다.

고개를 더 푹 숙였더니 안경알에도 묻었다.

방석에도 몇 방울 떨어졌다.

고해성사 같은 게 이런 걸까.

마음을 돌아볼 수 있는 시간을 가지는 것.

힘듦을 외면하고, 난 힘들지 않다고,

다 잘될 거라고만 생각했더니 끝내 눈물로 터져 나오는.

108배가 끝났을 때에는 완전히 잠이 깨어버렸다.

새벽이라 바깥은 어두컴컴했지만, 그리고 눈물을 숨기느라 힘들었지만, 하루가 또렷하게 시작되는 기분이었달까. 이래서 108배를 하는 건가 보다.

둘째 날 일정까지 모두 진행한 후에 템플스테이가 끝났다. 다시 학교 버스에 오르면서 종교의 길에 대해서도 생각했다. 정확히 어떤 길일까, 하고. U는 잘하고 있을까, 하고. 한편으로는, 세상에서 몇 걸음 떨어졌더니 비워지고, 맑아지고, 그와 동시에 평온함이 찾아든다는 걸 깨달았다. 동시에 마음이 가벼워졌다.

U는 수녀원에 들어가서 거의 하루 종일 기도만 한다고 했다. '기도를 많이 한다'는 것을 비유적으로 표현한 줄 알았는데 그게 아니었다. 정말 온종일 기도를 하는 일정이었다. 새벽 기도, 아침 기도, 오전 기도, 점심 기도, 오후 기도, 저녁 기도, 밤 기도……. 단어 그대로 '하루 종일'이었다. 새벽 108배를 통해 그나마 조금은 비슷한 시간을 가져본 것 같기는 한데……. 온종일 기도를 하는 U에 비하면 아무것도 아니겠지만, 절에 집중하고 내 마음의 표정에 집중해 본 시간이었으니까.

그러고 보니 천주교에도 이와 비슷한 게 있다고 한다. 찾아보니 소울스테이soulstay라는데, 기회만 된다면 가고 싶다.

기도를 하다 보면 또 눈물이 나올까.

그럼 언제쯤 눈물이 나지 않게 될까.

“

너도 울 때가 있니?

울어도 돼.

괜찮아.

”

이야기,
넷

우리,
잘 살고 있는 거겠지?

풍향계

다들 둥그런 바퀴로 잘 굴러가고 있는데 왜 나만 세모난 바퀴로 굴러가려고 하는 걸까? 하나부터 스물까지 죄다 세모난 바퀴일 뿐이야. 간혹 네모난 바퀴도 있고, 별모양 바퀴도 있어. 근데 둥그런 바퀴는 없어. 참 재밌는 일이지? 한 번뿐인 인생이라는데, 내 인생을 내가 꾸며가야 하는데, 과연 잘 꾸며가고 있는 걸까? 예쁘게 꾸며가고 있다고 생각했는데. 그런데 정작, 정작, 갑자기, 아직도 잘 모르겠다는 기분이 들어, 내가 잘하고 있는 건지. 창문 밖 저 멀리 은색 풍향계가 빛을 번쩍이면서 돌아가는 것이 보인다. 그러고 보니 다람쥐 쳇바퀴나 은색 풍향계나 별다를 바가 없구나. 나는 은색 풍향계를 돌리는 사람일까, 아니면 돌아가는 그 위에 가만히 앉아 있는 사람일까. 침이 목구멍으로 넘어가면서 목을 긁어 내린다. 아마 가래까지 꿀꺽 삼켜 들어간 듯하다. 뱉어야 하는 걸 왜 삼켰나 싶다.

누워서 간지럽게 속삭이는 글

나는 어디에서건 눈만 감으면 잠을 잘 잔다. 버스 속에서도, 기차 속에서도, 이불에서도, 이불이 없는 바닥에서도. 그리고 그만큼 꿈을 잘 꾼다. 완전히 상상의 세계가 펼쳐지는 꿈도 있고 지극히 현실적인 꿈도 있다. 작은 문제점이라고 한다면, 꿈을 꾸고 잠에서 막 깨어났을 때 방금 그게 꿈이었는지 진짜 현실이었는지 구분이 안 될 때가 있다는 것이다. 그렇다고 해서 볼을 꼬집어보거나 잡아당기진 않고 계속 긴가민가하며 남아 있는 흔적들을 찾아본다. 그러다 보니 '지금 현재'도 꿈인지 진짜인지 헷갈릴 때가 종종 있다.

그런데 '어디에서건 눈만 감으면 잠을 잘 잔다'는

것을 반대로 생각하면 평소 푹 자고 있지 않다는 뜻이기도 하다. 잠이 부족하다 보니까 쪽잠으로 채우려는 것 같고. 잘 수 있을 때 조금씩이라도 자두어야 한다는 얘기일 것이다. 그래서 어떻게든 빠르게 잠들었다가 급히 깨어나게 되는.

여기서 또 중요한 것은 '깨우기의 육하원칙'인 것 같다. 스스로 깰 때도 있지만 그것은 제외하고. 누가, 언제, 어디서, 무엇을, 어떻게, 왜 깨웠느냐에 따라 기분이 완전히 달라지는 것 같으니까. 이것은 잠들 때도 마찬가지겠다. '잠들기의 육하원칙'이랄까.

알 수 있다면 마음이 편할 텐데, 알 수 없는 여러 가지 것들 때문에 참 어렵다. 안개에 가려진 듯이 너무 희미하다. 물론 인생이 다 그런 것이겠지만.

실은, 나는 생각보다 잘 웃지 않는다. 무표정할 때도 많다. 감수성이 풍부하고 표현도 잘할 것 같지만 다 두꺼운 껍데기로 싸매둔 상태여서 표현을 잘 하지도 않고. 잘 드러내지 않다 보니 말수도 굉장히 적다. 그렇지만 나는 로봇은 아니니까. 엄연히 사람인지라 감정들은 전부 다 있다. 아무튼 겉으로 말을 꺼내는 것이 어려워서 오히려 글로 표현하는 쪽이 더 쉽다.

그럼에도 웃을 수 있는 시간들이 있어서 감사함을

최대한으로 느끼고 있다. 웃는 것 외에도, 기뻐하는 것, 우는 것, 행복해하는 것, 짜증 내는 것 등. 나를 내가 느끼고 그대로 표현하는 귀한 시간들이니까. 표현을 하면서 용기 내는 시간이기도 하니까. 짧은 문장도, 작은 부분도, 흔하지만 흔하지 않은 단어들도, 덕분에 행복해질 수 있다.

오늘도 불을 끄고, 천천히 눕는다.
이불에 몸을 감는다.

"
그럼, 오늘 밤도 잘 자.
아무 꿈도 꾸지 말고, 푹 자렴.
"

프린터 사건

너무 당황스러우면 도리어 말이 안 나오는 경험, 다들 해봤을까. 그때의 나는 왜 그렇게 '쫄았던' 걸까.

중학교 다닐 때 힘들었던 시절만큼이나 또 사람 때문에 힘들었던 때가 있었다. U에게 잠깐 말했던 적은 있지만 자세하게 얘기하진 않았다. 왜냐하면 다시는 떠올리고 싶지 않아서였다. 그렇지만 지금 이 이야기를 꺼내는 이유는, 이제 그때의 시간과 마주할 용기가 생겼기 때문이다. 부끄럽지도 않고 내가 잘못되었다고 생각하지도 않으니까.

두 번째로 입사한 회사에서 있었던 일이다.

첫 회사를 그만둔 후에 파리 여행을 다녀왔고, 한동안은 프리랜서로 지냈다. 그러다가 원하던 회사에 지원해서 뽑혔다. 지원자 100대 1이라는 경쟁률을 뚫었다고 했다. '출근이 재미있다'고 말할 정도로 신이 났고 열정적으로 일했다. 스타트업 회사였기에 직원은 많지 않았지만, 대표님은 열정적인 나를 좋아해 주셨고 믿어주셨다.

그렇지만 몇 개월 후에 회사 사정이 어려워지면서 월급이 늦어지기 시작했다. 참고 기다렸다. 일도 열심히 했고 가끔은 혼자 남아 자율적으로 야근을 한 적도 있다. 결국 대표님은 다른 회사 하나를 더 세우셨다. 내가 속해 있는 회사와는 업종이 완전히 다른 회사로, 컨설팅 겸 마케팅 회사였다. (편의상 'M회사'라고 하겠다.)

M회사는 설립된 지 얼마 안 되어 직원을 한 명만 뽑은 상태였다. 대표님은 기존 회사와 사무실을 같이 사용하게 하셨고, M회사의 직원이 출근한 첫날 얼굴을 마주하게 되었다. 그런데 처음 만난 M회사 직원이 나를 보고 처음으로 한 말은,

"몇 살이세요?"

였다. 내 이름을 묻는 것도 아니고, 어떤 일을 하느냐는 것도 아니고, 만나서 반가워요, 이런 것도 아니

고, 첫 질문이 나이를 묻는 질문이라 당황스러웠다. 나이를 말해주긴 했지만 기분이 별로인 건 사실이었다. 초면에 나이부터 묻는 건 실례 아닌가? 게다가 저 질문을 한 분은 나보다 고작 두 살 위였다.

첫인상이 별로였지만 최대한 잘 지내고 싶었다. 그런데 그분은 자꾸 혼자 행동하려고 했다. 예를 들면, 금요일은 다 같이 사무실 청소하는 날이었는데 자기 자리는 자기가 혼자 알아서 청소할 테니 그냥 두라는 거였다. 대표님과 다 같이 회식하기로 정한 날 오후에는, 자기는 바빠서 회식에 참여할 수 없다고 말했다. 아니, 누구는 안 바쁜가……. 대표님이 화합을 위해서 자리를 겨우 만드셨던 건데 당일에 갑자기 빠지겠다고 하니, 내 시각에서는 이해가 잘 안 되었다. 대표님은 괜찮다고, 이해한다고 하셨다. 이외에도 사소한 것들이 자꾸 보였는데, 그냥 '성격이 안 맞는 사람이네' 하고 넘어가려고 노력했다. 솔직히 마음에 들지 않았지만 그런 티를 최대한 내지 않았다.

하지만 결정적으로 싫어진 때는 '프린터 사건' 때였다.

우리 회사와 M회사에 각각 프린터가 한 대씩 있었는데, 놀랍게도 둘 다 동시에 고장이 난 날이었다. 퇴근 전까지 내 선에서 최대한 고쳐보려고 했으나 불가능하다는 걸 깨닫고 대표님께 전화를 드렸더니, "오늘은 우선 퇴근하고, 내일 출근하면 A/S 센터에 전화하세요. 그리고 프린트해야 할 게 있으면 M회사 것으로 뽑도록 해요"라고 하셨다. "M회사 프린터도 고장 났는지 인쇄가 안 돼요"라고 했더니, 대표님은 그 직원에게 아침에 똑같이 말해달라고 하셨다. 초면에 나이를 물어본 그분에게 A/S 센터에 전화하라는 말을 전하라는 거였다.

다음 날, 나는 대표님이 시킨 대로 했다. 직접 말하기는 껄끄러웠으므로 출근하자마자 쪽지를 최대한 정중히 써서 그분 책상에 붙여놓았다. 프린터가 고장이 났으니, 대표님이 A/S 센터에 전화하라고 말씀하셨다고.

곧 그분이 출근하셨고 쪽지를 읽은 듯했다. 갑자기 날카로운 목소리로 내게 말했다.

"이걸 왜 저한테 말해요?"

"네? 대표님이 그러라고 하셔서요."

"저 프린터 담당 아닌데요?"

"대표님이 말 전달하라고 하셨는데요……."

"그러니까 왜 제가 이런 걸 해야 하냐고요!"

"네?"

황당해서 말문이 막혔다. 당시 M회사 직원은 단 한 명인데 그럼 누가 해야 맞는 걸까? A/S 전화하는 게 그렇게 싫었나? 프린터를 내가 고장 낸 것도 아니고, 내가 A/S 전화를 하라고 시킨 것도 아니고, 심지어 '이런 걸'이라고 하는 것도, 엄청 짜증을 내는 것까지 전부 이해가 안 됐다. 왜 나한테 짜증을 내는 거지? 그때의 나는 너무 당황해서 대꾸를 제대로 하지 못했다.

"제가 왜 이런 일까지 해야 하는지 모르겠다니까요?"

"……."

"저는 프린터 담당 아니니까 안 한다고 하세요."

"…그, 그럼 직접 말씀… 드리세요……."

사람한테 저렇게 날카로운 톤으로 말할 수 있다는 사실이 무서웠다. 난 잘 지내고 싶은데, 평소에도 싫은 부분들이 보였지만 참았는데, 말을 왜 저렇게 하는 건지……. 그때부터 엄청난 스트레스를 받기 시작했다. 그분 얼굴만 보면 화가 났고 피하고 싶었다. 눈도 마주치고 싶지 않았다.

시간이 약인지, 약 1년 정도를 함께 얼굴을 보고 지내는 동안 사이가 조금은 나아진 느낌을 받았다. 아주 조금. 그리고 그분의 결혼식 날에는 축의금 5만 원이 적은 것 같다는 생각이 들어 계속 고민하다가 결국 10만 원을 냈다. 앞으로도 계속 보고 지낼 사이라고 생각했고, 잘 지내고 싶다는 마음을 담은 거였다. 마음 표시를 꽤 크게 했다고 생각한다.

여기까지는 정말 견딜 만했다.
문제는 그다음이었다.

"
누군가 갑자기 짜증을 확 낼 때
너는 어떻게 대처하니?
난 매번 왜 이렇게 어려울까.
나만 어렵나?
"

너무 착하면 안 돼

사람마다 성격도, 경험도, 행동도 다르다. 하지만 상대방을 이해하려면 어느 정도는 맞는 수준이어야 한다. 누군가를 싫어하고 싶지 않지만 노력해도 싫은 건 어쩔 수 없다. 모두와 잘 지내려고 할 필요도 없는 거였다.

회사는 점점 기울어져 갔다. 중간중간 새로운 직원들도 뽑았지만 자꾸 월급 지급이 늦어지자 다 퇴사해서 결국 나만 남은 상태였다. 반면 M회사는 조금씩 성장해서 직원 수가 조금 늘었다.

더 넓은 사무실을 쓰기 위해 다른 지역으로 이사를 했다. 넓어진 건 좋았지만 집과 거리가 멀어진 건 힘들었다. 통근 시간으로 왕복 3시간을 잡아야 했기 때문이다.

어느 날, 대표님은 내게 M회사로 옮기는 것은 어떠냐고 제안을 하셨다. 난 생각해 보겠다고 했지만 갑자기 다른 직종으로 옮기기가 너무 싫었다. 아무리 생각해도, M회사의 일은 나랑 맞지 않는다고 생각했다. 그런데도 대표님은 M회사로 이적할 것을 또 권유하셨다.

하필 그때쯤 턱뼈에 문제가 생겨서 씹을 때마다 소리가 나고 뭘 먹기가 힘들어졌다. 턱뼈가 점점 옆으로 돌아가고 있었던 것이다. 당연히 뭘 먹기가 어려워지고, 자꾸 체하고. 병원 몇 군데를 가 봤는데 답변이 똑같았다. 뼈를 원위치로 돌려놓는 수술을 해야 한다는 거였다.

결국 대표님께 말씀을 드렸다. 퇴사하겠다고. 첫 번째 이유로는 직종을 바꾸고 싶지 않고, 두 번째 이유는 집과 회사의 거리가 너무 멀어져서 힘들고, 세 번째 이유는 건강 관련 문제가 생겨 수술을 하려고 한다고. 그래서 퇴사하겠다고.

대표님은 끝까지 붙잡으셨다. 세 가지 문제를 최대한 해결해 주시겠다고 했다. 첫 번째, M회사로 옮기더라도 최대한 나에게 적합한 일을 맡기겠다고 하셨고, 두 번째, 거리가 멀어서 힘드니 주 1회 재택근무를 약속하셨고, 세 번째, 수술하고 회복하는 동안 휴직 기간을 줄 테니 조금 쉬다가 돌아오라고 하셨다. 이렇게 나를 붙잡으실 줄 몰랐는데……. 그래서 3개월 후에 돌아오기로 정했다.

하지만 이때 퇴사했어야 했는데.

인생에서 가장 후회되는 일 중 하나다.

수술 날짜를 잡고 휴식을 했다. 그때 긴장감이랑 우울함이 극치를 달려서 수술 전까지 너무 힘들었다. 비용도 걱정이었지만 전신마취를 해야 하는 수술이었기 때문이다. 수술 날에는 '혹시 이대로 눈을 안 뜨는 건 아니겠지……' 불안해하며 마취 가스를 들이마셨다.

수술 후에도 엄청 고통스러웠지만 차츰 회복해 갔다. 집에서 하고 싶은 걸 하며 푹 쉬었고, 어느새 약속했던 3개월이 거의 다 되어서 출근할 준비를 했다.

드디어 출근 날. 오랜만에 회사로 향했다. 이제는 M회사 소속이었다.

친숙한 사무실, 친숙한 자리였지만 오랜만이라 그런지 낯설었다. 그날 대표님은 사무실에 계시지 않았다. 나를 제외하고서 6명이 있었는데 프린터 일로 내게 짜증을 냈던 직원은 내가 휴식하는 사이에 퇴사를 하고 없었다. 퇴사한 것도 몰랐다……. 아무튼 전에 몇 번 본 얼굴도 있었고 처음 보는 얼굴도 있었다.

그런데, 내가 인사를 했는데 다들 인사를 받는 둥 마는 둥 했다. 다들 낯을 가리는 성격인가 싶어서 대수롭지 않게 여겼다. 하지만 점심시간이 되었을 때 뭔가 이상하다는 걸 깨달았다.

12시,

사무실에는 아무도 없었다.

점심시간이 되자마자 다 나가버린 거였다.

나만 빼놓고.

이해가 안 되는 일이었다. 사람이 3개월간 휴직을 하다 돌아왔으면, 그것도 수술을 하고 온 걸 대표님이 말해서 다들 알 텐데, 괜찮으냐는 질문 하나 하기가 그렇게 어렵나? 점심시간에 밥 같이 먹자고 하는 것이 그렇게 귀찮았나? 혹시 점심시간이 바뀐 건가 했는데 그것도 아니었다. 내가 먼저 "밥 같이 먹자"고 말할 수도 있었는데, 그런 시간조차 주지 않고 전부 나가버리다니.

난 복귀한 첫날부터 혼자 밥을 먹었고, 그 이후로도 혼자 먹었다. 가끔 같이 먹겠느냐고 제안하는 사람이 있을 때면 최대한 반기며 따라갔는데, 같이 가도 결국

자기들끼리 마주 앉아서 대화를 하고 나를 아예 끼워 주지 않는다는 걸 알았다.

'인사를 해도 안 받더니, 이제는 식사 시간마저 투명인간 취급이라니. 이럴 바에는 혼자 먹는 게 마음 편하겠는데……. 밥 먹는 시간만큼은 속 편하게 먹으며 쉬어야 하는 시간이잖아.'

대표님이 출근한 날에만 다 같이 먹는 양상이 반복되었다.

직원들은 자기들끼리만 친하게 지냈다. 이상했다. 마치 중학교 1학년 그때로 돌아간 느낌. 갈수록 나를 없는 사람 취급하는 게 느껴졌다. 업무를 해도 자기들끼리만 하는 게 보였고, 내가 그 분야를 잘 모른다는 걸 알았는지 어쨌는지, 업무 진행 상황도 공유해 주지 않았다. 말을 걸어도 단답형으로 끊어버리기 일쑤였다. 대체 내가 뭐가 마음에 안 들었을까? 자기들의 견고한 사이를 갈라놓을까 봐 싫었나?

도저히 이해가 안 되어서 다른 가까운 친구에게 이 얘기를 했다. 첫날 얘기부터 근황 얘기까지 모두 털어놓자, 친구는 이미 그러한 문제에 대해서 해탈한 듯했다.

— 요즘 사람들 다 그래. 자기들 생각밖에 못 하잖아.

— 애들도 아니고 이게 뭐야.

— 몇 살들인데?

— 다들 나랑 한두 살 차이인 또래야.

— 그래? 생각이 어린 사람들이네.

— 회사가 무슨 학교도 아니고. 니 편 내 편 가르기 정치 싸움하러 오나? 뭐냐고, 이게…….

— 그러려니 해. 신경 쓰면 너만 손해야.

친구의 냉정함을 그대로 본받고 싶었다. 조언대로 그러려니 하려고 했지만 시간이 갈수록 힘겨워지는 게 사실이었다. 신경을 안 쓰고 싶어도 아침부터 저녁까지 회사에 있어야 하는데 어떻게 신경을 안 쓸 수 있을까. 신경이 안 쓰이면 그거야말로 사이코패스 아닌가? 직원들 일상 얘기를 들어보니 해외로 봉사를 다녀온 사람도 있었고 종교가 있는 독실한 신자도 있었는데, 그럼 대체 뭘 하나. 정작 옆에 있는 사람을 대놓고 따돌리고 있는데. 게다가 업무도 명령조로 지시하고.

처음에는 내가 뭘 잘못했는지를 계속 고민했다. 다들 왜 그러지? 내가 무슨 잘못을 한 거지? 다른 회사 사람이 M회사로 이적해 온 게 싫은 건가? 그렇지만 아무리, 아무리 생각해 봐도 난 저들한테 아무것도 한 게 없는데. 3개월 쉰 후 복귀를 한 것뿐인데.

이래서 직장 내 괴롭힘이 무섭다는 것이구나……. 열세 살에 당했던 일을 십 년이 넘은 지금 또 당하고 있는 게 이해가 안 됐다. 이미 한번 당해봐서 그런지 눈물이 나오진 않았다. 단지, 그 당시에 친구들 몇몇한테 보낸 메시지를 열어보면 괴로움만 묻어 있다. 그런 최악의 환경에서 어떻게 반년 넘게 견뎠는지 모르겠다.

어느 날, 대표님이 나만 따로 불러냈다. 무슨 말씀을 하시려는 건지 궁금했는데 주 1회 재택근무에 대한 이야기였다. 직원들이 대표님한테 내 재택근무 요일을 없애라고 다 같이 항의를 했다는 거였다.

내가 일주일 중 하루 재택근무를 하는 게 그리 아니꼬웠을까. 재택근무 복지가 그렇게 부러웠으면 본인들도 그렇게 하고 싶다고 요청을 하면 되는 거 아닌가. 왜 복지 부분을 하향 평준화시키려고 하는 거지?

"대표님께서 처음에 분명히 약속하셨던 부분인데 왜 그걸 없애야 하나요?"

"다른 직원들이 싫어하니까요. 어쩔 수 없죠."

무책임한 대답 같았다. 심지어 다른 선택지는 없었

다. 재택근무를 포기하지 않으면 회사에서 내보내겠다고 하셔서 더 기가 막혔다. 주 1회 재택근무를 해주겠다고 말씀하신 걸 문서로라도 남겨둘 걸 그랬다. 일적인 관계에서 구두 약속은 믿을 게 못 된다.

그러더니 이어서 이렇게 말씀하셨다. 평소에 눈치 있게 행동 좀 잘하라고. 이건 또 무슨 뜻이지?

"제가 눈치 없이 행동한 게 뭐가 있나요?"

"○○ 씨 의자 고장 났을 때, 회사에 새 의자 구매 요청하라고 말했다면서요."

"네."

"지금 우리 회사 사정이 얼마나 어려운지 몰라요? 그렇게 눈치가 없나?"

"……."

할 말을 잃었다. '눈치가 없을 만한 행동'의 예시가 '새 의자 구매를 요청하라고 말한 것'이라니…….

며칠 전에 어느 직원이 계속 의자가 불편하다고 하길래 새 의자 구매를 요청하는 게 어떠냐고 '딱 한마디' 거들었을 뿐인데. 그 외에 다른 말은 하지도 않았는데, 그 한마디로 인해 난 '눈치가 없는 직원'인 거였다. 좀 타당한 이유를 말씀하셨다면 납득이라도 하겠는데.

'일할 때 의자가 불편하면 일을 어떻게 할 수 있지?

의자 하나 못 사줄 정도로 회사가 기울었는데, 그것도 몰랐느냐고 뭐라고 하시는 건가? 애초에 회사 사정이 어려워진 게 내 탓인가?'

사방에 눈과 귀가 또 쫙 깔려 있었다. 뭔가 와전된 것인지도 모른다. 그런데 앞서 복지 하향과 눈치 없음에 대한 말은 약과였다. 결정타는 이 말이었다. "M회사의 첫 직원을 왜 그렇게 힘들게 했느냐"는 질문.

"M회사에 입사한 첫 직원이었는데, 혼자 입사해서 얼마나 외롭고 힘들었겠어요. 그분 계속 따돌린 거잖아요. 그때 왜 그렇게 괴롭혔냐구요."

와, 진짜…….

대체 뭐가 어디서부터 어떻게 잘못된 건지…….

내가 제일 싫어하는 것 중 하나가 '사람 따돌리는' 건데…….

숨이 멎을 것 같았다.

딱 3개월 자리 비운 사이에 이렇게 사람 하나 난도질을 해놓을 수가 있구나. 'M회사의 첫 직원'과 초반에 사이가 그다지 좋지 않았던 건 맞지만 '따돌린' 적은 맹세코 없었고, 시간이 지나면서 차츰 관계 개선이 되어 잘 지냈다고 생각했는데 혼자만의 착각이었나. 결혼식 날에 직접 가서 축의금 10만 원을 내고 올

정도면 내 성의 표시도 최대한 한 거 아닌가. 허탈함을 넘어서 억울했다. 여러모로 힘들고 속상하던 차에 대표님까지 이러시니 억울함이 목구멍까지 차올랐다. 눈물샘 폭발 직전이었다. 회사에서는 울고 싶지 않아서 꾹꾹 눌러 삼켰다.

그날 저녁, 퇴근하자마자 파리 여행을 같이 갔던 친한 언니에게 찾아갔다. 언니는 남편과 함께 나와서 술을 사줬고, 나는 술 마시는 내내 꺽꺽대며 울었다. 그동안 참았던 서러움과 눈물이 다 터져 나왔다. 울다가 술 마시고, 또 울다가 술 마시고, 세 시간을 내리 반복했다. 언니는 당장 직장 내 괴롭힘으로 신고하라며 화를 냈다.

"얼마나 힘들었겠어! 네가 너무 착해서 그렇다니까. 그러면 손해만 봐. 너무 착하면 안 돼. 다 받아주면 안 된다고. 싸울 땐 확 싸워야 돼."

처음엔 고개를 저었다.

"언니, 저는 싸우기 싫어요……. 제가 뭔가 잘못한 게 있는지도 모르고요."

"아니야. 직원들 인성이 그 모양인데, 대표까지 그러니 말 다했다. 속사정 제대로 알아보지도 않고 너를 그렇게 대해? 그리고 의자 하나 못 사줄 정도로 찢어지게 가난한 회사였니? 그동안 월급 밀리는 것도 다 참고 일했다며. 대표도 문제 많은 사람이네."

"아니에요. 대표님은 그동안 저 많이 생각해 주셨을 거예요……."

"말도 안 돼. 너 복귀 첫날부터 밥 혼자 먹은 거 말했어, 안 했어?"

"그런 걸 뭐하러 말해요……."

"거 봐! 대표는 아무것도 모른다니까? 너의 입장은 듣지도 않았어!"

언니가 계속 흥분하자 남편이 진정하라고 했다. 언니가 숨을 고르는 사이 남편도 이렇게 말했다.

"동료가 그동안 아파서 큰 수술하고 돌아왔으면 밥이라도 같이 먹어주는 게 예의지. 빈말이라도 안부 물어봐야 하는 거고. 아무리 싫은 사람이라도 그게 최소한의 상식이라고."

"네……."

"대체 어떻게 견딘 거냐? 나라면 한 달도 못 참고 나왔을 것 같은데. 멘탈이 대단하네."

"아니에요……. 저는 많이 부족해요."

언니는 그때 엄청 깊은 한숨을 내쉬었다.

"하…… 자책 그만했으면 좋겠어. 너무 속상해. 네 잘못 절대 아니야."

"네 잘못 절대 아니야"라는 말이 조금은 위로가 되었다. 내가 눈물을 그칠 수 있도록 언니는 내 어깨를 토닥여주었다.

마지막에 인사하고 헤어질 때, 언니는 냉정한 눈빛으로 이렇게 덧붙였다.

"곧 그 회사 망한다. 두고 봐라."

그 일이 있었던 직후 나는 퇴사를 했고, 직장 내 괴롭힘은 신고를 할까 말까 계속 고민하다가 신고하지 않았다. (하지만 만약, 앞으로 또 그런 일이 일어난다면 반드시 신고를 하겠다고 다짐했다.)

몇 개월 지나지 않아 언니의 말은 현실이 되었다.

그랬다. 난 사내 왕따가 맞았다.

이제는 아무렇지 않게 말할 수 있을 정도로 용기가 생겼다.

단지, 그때 싸우지 못했던 내가 너무 안쓰럽기만 하다. 어떻게든 잘 지내고 싶었는데, 다 참고 조용히 있었는데, 역시 내가 너무 '순하게' 보였던 것인지도 모르겠다. 남들과 싸우는 법을 좀 배워둘 걸 그랬다. 하긴 싸우는 법을 이론으로 알아놔도 실전에서 적용 못 하면 아무 소용없겠지만.

또는 U 같은 사람이 한 명이라도 있었다면, 단 한

명만이라도 내게 손을 내밀어 줬다면 훨씬 괜찮았을 텐데. 아무도 그러지 않았다. 아니, 굳이 손을 내밀어 달라는 것도 아니고, 최소한의 예의만 갖추었어도 좋았을 것을. 다들 딱 그 정도밖에 안 된다는 소리일 것이다.

이제는 굳게 마음을 먹었다. 내가 다치지 않을 정도까지만 착하게 살아야겠다고. 세상 살아갈 때 너무 착하면 안 되겠다고. 앞으로 이해의 범주를 넘어서는 사람이 있다면 바로 싸울 예정이다. '포용력'의 한계는 분명 있기 때문에.

"
싸우고 싶지 않지만,
싸울 땐 싸우는 게 맞지?
그렇지?
"

인정하는 것

어디서 읽었던 것 같다. 나의 감정을 어느 정도 해소하기 위해서는 그 감정을 '인정'하는 것에서 출발해 보라는 것. 인정하지 않으면 다음 단계로 넘어가기 힘들다는 것도.

나는 엄살이라는 것을 피우지 않으며 살았기에 피우는 법도 모르고, 아프다고 하면 그게 다 엄살로 보이진 않을까 싶어서 부정했던 적도 많은데, 그렇지만 지금은 부정하지 않겠다.

난
속상한 게 맞고
슬픈 게 맞고
착잡한 게 맞고

힘든 게 맞고

아픈 게 맞으니까.

그럴 때 나는 특히 시집을 잡는다. 많은 글자 속에서 시간을 찾고 나를 찾는다. 초성에 중성에 종성까지, 그 사이 공간들마저 전부 젖어들더라도, 더 이상 위축되지 않고 작아지지도 않겠다고. 어렸을 때 어리지 못했고 너무 성숙한 것도 문제라 했지만, '힘들지 않다, 괜찮다, 아니다' 그렇게 되뇌었던 시간들이 안쓰럽다.

시는 분석하지 않아도 된다. 굳이 이해하려고 하지 않아도 된다. 마음 놓고 읽다 보면 어느샌가 가라앉으면서 깊이 잠수를 탔다가 다시 빠져나오는 기분이 든다. 박판식 시인의 시 중에서 「나이아가라」라는 시로 위로를 받았다.

나이아가라

— 박판식

생몰 연대 미상의 새가 창가에 앉아 있다
몇 달째 보이지 않던 고양이 똥이
전봇대 아래 다시 생겨나 있다

미녀가 등장하기 좋은 날이다
오늘은 색깔만 있는 꿈을 꾸고
어제는 소리만 들리는 꿈을 꾸었다
짙은 파랑 바탕에 노랑과 빨강
그 속으로 끝없이 빠져들 것 같은
충동을 가까스로 이겨 내고는
외출 준비를 서두르며 나는
거울 속의 나에게서 서서히 빠져 나왔다

특히 마지막 행 '거울 속의 나에게서 서서히 빠져 나왔다'를 읽으면서는 거울 속에 있었던 나를 인정하고 허물을 벗는 모습이 상상이 되어 용기가 생겼다.

여전히 나는 '그릇'이란 무엇인가를 또 헤아려 본다.

"
최근에 언제 제일 힘들었어?
이제는 좀 어때?
견디느라 정말 고생 많았어.
토닥토닥 해주고 싶다.
"

성대결절

전문가는 전문가구나, 싶을 때가 있다. 역시 한 분야를 오래 걷고 있는 사람은 다르구나 싶은 생각. 멋지고 놀랍다.

한 성우분과 통화를 할 일이 생겼다. 내가 조언을 구하는 입장이라서 메시지를 보낸 후 전화를 걸려고 했는데, 그분께서 전화를 먼저 걸어주셔서 내가 받게 되었다.

"여보세요!"

"오랜만이에요, 작가님!"

"네, 진짜 너무 오랜만이죠! 그동안 잘 지내셨어요?"

2년 만에 목소리를 들은 것 같다. 얼굴은 몇 개월 전에 다른 자리에서 잠깐 봤었는데, 바쁜 자리여서 눈인사만 했었기 때문에.

오디오 드라마 작가에 입문한 지 얼마 안 되었을 때 녹음 현장에 간 적이 있다. 그날 성우분들이 여섯 분 정도 오셨는데, 모두가 피디님께만 인사하고 나한테는 눈길을 주지 않았다. 물론 내가 구석에 조용히 앉아 있어서 안 보였을 수도 있고, 작가 얼굴을 모르니 굳이 인사의 필요성을 못 느꼈을 수도 있고, 아니면 너무 어리게 보여서 참관을 온 학생이라고 생각했을지도 모른다.

그런데 그 중 딱 한 분이 피디님께 질문을 했다.

"어? 피디님, 뒤에 계신 분 처음 뵙는 분이신데요. 혹시 뉘신지……?"

"아, 이번 작품 맡은 작가님이에요."

그러자 내게도 인사해 주셨다. 정말 환하게. 난 그때 이분을 처음 뵙게 되었다.

"안녕하세요, 작가님! 성우 ○○○입니다. 잘 부탁드립니다!"

"아! 아, 네, 안녕하세요. 저도 잘 부탁드려요……."

순간 깜짝 놀랐고, 부끄럽기도 했다. 그날 유일하게 인사를 해주셔서 진심으로 감사한 마음이 남았다. 인사의 중요성이었을까. 그 이후로 인연이 되어 쭉 연락을 하고 지내게 되었다. 동일한 직종은 아니지만 비슷한 쪽에 있으니 일 관련해서 말이 통하는 분이었다. 나름 조언도 구할 수 있어서 좋았다.

아무튼 이 성우분과 2년 정도 만에 통화를 하게 된 것인데, 그런데 이분께서 의아하다는 듯 이렇게 말씀하셨다.

"어? 작가님, 목소리가 바뀌셨네요?"

"네? 저 목소리가 바뀌었어요?"

"네, 전이랑 많이 다른데요?"

솔직히 당황스러웠다. 안부를 물었는데 목소리에 대한 피드백이 와서. 생각지도 못한 내용이었다.

"엥, 그래요? 저는 똑같은 것 같은데?"

"아니에요. 확실히 변했어요. 전보다 좀 뭔가… 어… 음……."

내 목소리가 달라졌다니, 왜 뒷말을 망설이시는 걸까? 어떻게 변한 거길래? 말잇못(말을 잇지 못함)인 이유가 뭐지? 속상한데……. 정말 달라진 걸까? 일반인이 말했으면 '아, 그런가?' 하고 넘어갔을 텐데 프로분께서 말씀하시니 확 속상해지고 말았다.

통화를 하는 내내 "어? 작가님, 목소리가 바뀌셨네

요?"라는 문장이 계속 귀에 맴돌았다. 끊고 나서도 그러했다. 사람이 목소리가 바뀔 수 있다고는 하지만, 그 말을 들어서인지 갑자기 목이 아프고 막 목에 뭐 끼어 있는 것 같고. 신체는 한번 변화하면 돌아오기 어렵다고 하던데…….

다른 친구한테 하소연했더니 "그 사람 귀가 변한 거야. 너 목소리 여전히 엄청 좋아"라고 말해줬고, 또 다른 친구에게 말했더니 "그 사람이 프로이긴 해도 그건 그 사람 생각일 뿐이잖아?"라고 말해줘서 고마웠다.

하지만 마음에 계속 남은 나머지, 이비인후과를 찾아갔다.

입을 크게 벌려 보고,
시키는 대로 목소리를 내고,
후두 사진도 몇 장 찍고.
그리고 충격적인 이야기를 들었다.

"성대결절이네요."
"네?"

의사 선생님은 대수롭지 않다는 듯 말씀하셨지만, 순간 그 말을 믿을 수가 없어서 벙쪘다. 의사 선생님은 내가 제대로 못 들은 줄 알았는지 또박또박 다시 말씀해 주셨다.

"성대, 결절, 입니다."

"네에? 성대결절요? 제가요? 왜요? 저 목 쓰는 일 안 하는데. 노래방도 안 가고요."

물음표를 쏟아냈다. 가수들이나 선생님들이 걸리는 거 아니었나. 아니면 강연자나 아니면 유명 방송인들이 걸리는 거 아닌가? 생방송 하는 것도 줄여서 일주일에 한두 번 할까 말까였는데 성대결절이라니…….

"좀 오래된 것 같아요. 계속 누적된 걸로 보이는데. 식사 불규칙하게 하시죠?"

"아… 네."

"너무 불규칙하면 위산 역류가 심해져서 목을 계속 자극하게 되고, 그게 계속 악화하는 거예요."

"아……."

"단기간에 치료되긴 힘들겠네요. 식습관 개선하시고 약 복용하면서 경과를 봐야겠습니다."

"네……."

의사 선생님은 내 표정에 걱정이 되신 것인지 내 목구멍 사진을 세세히 보여주시면서 가이드를 제시해 주셨다. 목소리 사용을 최소화하고, 삼시 세끼 규칙적으로 먹고, 약도 잘 먹고, 밥 먹기 싫어도 세 끼 다 소량으로라도 반드시 먹고, 식사 후 약 먹은 후에는 다음 식사 때까지 아무것도 먹지 말고, 심지어 물, 차 모두 금지해야 하고. 또 소화 과정 방해하면 안 되고 위산 역류를 막아야 하니까 커피나 술을 마시고 싶으면 반드시 식사 시간에 합쳐서 먹으라고, 아이스크림도 식사 직후 먹거나 하고, 과식은 절대 금지고.

지킬 게 너무 많은 거 아닌가, 싫어서 못마땅함이 올라오기 시작했는데 의사 선생님은 못을 박으셨다.

"안 지키면 치료가 더뎌집니다. 아셨죠?"

"네……."

그 성우분은 정말 대단한 것 같다. 아무도 나에게 목소리가 변했다고 말해주지 않았는데 어떻게 한마디 듣자마자 아셨던 걸까. 프로는 역시 다른가? 심지어 2년 만에 통화했는데, 그렇다면 그전 내 목소리도 기억해 주셨다는 건데. 와아……. 다음에 맛있는 걸 사드리고 싶다고 생각했다.

즉, '말수 적은 사람도 성대결절 걸릴 수 있다'는 결론.

세상 일은 정말 모른다.

"

차곡차곡 쌓여 커진 것들,

나도 모르는 사이에 누적된 것들,

좋은 것도 있고 나쁜 것도 있더라.

"

염색 — U에게

나 있잖아, 작년에 처음으로 염색을 해봤어. 레드브라운 컬러로. 왠지 너무 해보고 싶더라고. 살다 보면 가끔 심술이 날 때도 있고 일탈하고 싶을 때도 있잖아? 그렇지만 현실에서 완전히 동떨어지기는 어려우니까 최대한 협의하며 작은 일탈을 해보고 싶었어. 그래서 미용실에 가서 "최대한 빨간 것으로 염색해 보고 싶어요"라고 말했어. 탈색을 한 다음에 염색을 하면 '정말 빨간색'이 될 수 있기는 한데 그럼 머릿결이 빗자루처럼 된다고 해서 탈색은 안 했어. 미용실 의자에 가만히 앉아, 머리카락에 색이 물들기를 기다렸는데, 그동안 두피 쪽이 화끈화끈 열을 내더라. 머리 전체에 파스를 붙인 것 같달까? 처음 느끼는 감각이라서 묘했어. 그 후 며칠 동안은 머리 감을 때 염색한 그 색이 조금씩 빠져나왔어. 색이 물들까 봐 흰옷이나 밝은색 옷은 피하게 되더라. 염색이라는 걸 태어나서 처음 해본 건데, 그걸 들은 몇몇 친구들이 놀라워했어.

"뭐? 염색을 처음 해본다고? 진짜야?"

그러게, 왜 지금까지 난 실행을 안 해봤을까? 해보고 싶다는 마음은 있었는데. 역시, 도전을 하지 않으면 아무 일도 안 일어나겠지. 그냥 말해주고 싶었어. 너도 염색을 해봤으면 좋았을 텐데. 어떤 색이 잘 어울릴지도 궁금하고. 수녀님들은 염색이라는 걸 아예 안 하시나? 연세가 있으신 분들은 흰 머리가 나오면 검은색으로 염색하는 경우가 있잖아. 수녀님들은 늘 머릿수건으로 덮고 계시니까 굳이 하실 것 같진 않네. 그래도 네가 염색한 모습을 상상해 보는 것 정도는 괜찮지? 음……. 파란색이 꽤나 잘 어울렸을 것 같아. 파란색은 소화하기 어려운 색이라던데, 네 얼굴은 워낙 희어서 찰떡같이 어울릴 것 같다. 난 빨간색으로, 넌 파란색으로. 그러고 여행하며 돌아다녔으면 재미있었겠다. 사진도 여러 장 찍고 그랬다면……. 상상만으로도 피식 웃음이 나네.

“

역시, 도전을 하지 않으면

아무 일도 안 일어나겠지.

”

고속 터미널에서

몇 년 동안 U를 만나지 못했더니 너무 보고 싶었다. 휴가 나오는 날을 최대한 기다려보려고 했는데 도저히 그럴 수가 없었다. 내가 찾아가는 편이 훨씬 빠를 것 같았다. 그렇다고 무작정 가면 민폐일지도 모르는데…….

조심스럽게 U에게 '너한테 가고 싶어'라는 메시지를 보낸 후 조마조마했다. 공용 휴대폰에 그런 문자를 보내도 되는 걸까. 다른 수녀님들께서 보시고 꾸중을 하시진 않을까.

U는 몇 시간이 지나서야 답장을 보내왔다. 요즘 너무 바쁜 때이니 며칠 후에 다시 생각해 보자고. 그래서 마음을 꾹꾹 눌렀다. 보고 싶은 마음을 계속 참아야 하는 것도 고통이다.

며칠 후에 혹시 먼저 연락이 오지 않을까 기다렸지만, U는 여전히 바쁜 듯싶었다. 기다리고 기다리다 다시 먼저 연락을 했다. 그러자 U는 기쁜 소식을 들려주었다. 다음다음 주에 휴가이니 그때 만날 수 있다고. 딱 열흘만 참으면 되겠구나 싶어 신이 났다.

드디어 우리가 만나기로 한 날. U의 아버지께서 얼마 전에 오픈하신 작은 음식점 앞에서 만나기로 했다. 그날 나는 다른 일이 있어 고속 터미널 쪽을 들렀다가 시간에 맞춰 이동하려고 했다.

외출 준비를 하며 거울을 자꾸 들여다봤다. 그새 살 많이 쪘는데……. 머리는 또 왜 이렇게 산발인 것 같은지. 오랜만에 보는데, 또 언제 볼지 모르는데, 그러니까 예쁜 모습 보여주고 싶은데……. 그래도 평소 나다운 모습을 보여주는 게 제일 좋겠지 싶어 흰 티에 청바지, 백팩을 메고 집을 나섰다.

처리할 일이 예상했던 시간보다 지연되었다. 늦을까 봐 고속 터미널 역을 향해 전전긍긍하며 뛰기 시작했다. 드디어 만나는데, 늦으면 안 되는데! 곳곳에 사람은 많고, 길은 복잡하고. 마음이 급해진 바람에 지하철 호선을 헷갈려서 잘못 내려가고 말았다. 다시 뒤를 돌아서 급히 뛰었다.

뛰다 보니 탈 곳에 도착한 것 같았는데.

그런데, 방금,

머리끝부터 발끝까지 검은 옷을 입은 분이 지하철 벤치에 앉아 있었던 것 같았다.

순간 뛰던 걸 멈추고 획 뒤를 돌아보았다. 멀리서 보아도 수녀 복장이었다. 어라? 혹시 U인가? 체형은 U랑 비슷하게 보이는데…….

안경이 불빛을 반사하고 있어서 얼굴이 잘 안 보였다. 머뭇거리다가 천천히 다가가기 시작했다. 가까워질수록 U가 맞는 것 같다는 생각이 들었다. 이상했다.

'어라……. U가 여기 있을 리가 없는데? 휴가 내내 가족들하고 있다가 나를 만나겠다고 했는데?'

그럼에도 가까워질수록 U라는 확신이 들고 있었다.

두 발자국 정도의 거리에서 말을 건넸다.

"저기, 혹시……."

순간 그분은 얼굴을 돌려 나를 똑바로 바라봤고, 눈을 몇 번 빠르게 깜빡였다.

"어? 시은이야?"

"우와! 맞네!"

"너 왜 여기 있어?"

"넌 왜 여기 앉아 있는데?"

우리는 동시에 웃음이 터지고 말았다. 뭐야, 뭐야! 하면서 엄청 크게 웃었다. 난 자석에 이끌리듯 U의 옆에 앉았다. U가 먼저 설명을 했다.

"나는 할머니께 다녀오는 길이야. 너는?"

"잠깐 고터역 옆에서 처리할 게 있어서. 약속 시간 늦을까 봐 엄청 뛰었어!"

"안 그래도 방금 한 여성분이 뛰어가시길래 왜 저리 급히 가시나 했네. 휙 지나가서 너인 줄 몰랐어."

"뛰면서 지나가는데 어떤 수녀님이 앉아 계시더라고? 그래서 돌아왔지!"

"잘했어, 잘했어. 와, 어떻게 여기서 만나지?"

"그니까!"

우리는 잔뜩 신이 났다. 지하철을 같이 탔고, U의 아버지 식당까지 함께 걸어갈 수 있었다. 덕분에 시간을 더 많이 보낼 수 있었다.

오랜만인데 오랜만이 아닌 느낌.

진짜 인연은 어떻게든 마주치나 보다.

놀라울 정도로, 이렇게 쉽게.

손거울

마음이 같을 수 있다는 건 얼마나 대단한 일인 걸까.

U와 함께 저녁 식사를 하고 카페를 가기로 했다. 어딜 가야 좋을까 싶었는데, 근처에 있는 예쁜 카페가 기억이 나서 그리로 향했다.

"가면 너 되게 좋아할 걸? 막 앤티크하고 분위기 장난 아니야. 지난번에 갔던 곳이랑 비교도 안 돼."

"그래? 기대되네."

카페 문을 열고 한 발짝 들어가자마자 U는 "우와!" 하는 감탄사를 냈다. 순식간에 뿌듯해졌다.

"어때? 마음에 들어?"

"대박이다! 진짜 예쁜 곳이야!"

"너 예쁜 곳 좋아하잖아. 취향 어디 가겠냐고."

"역시, 너는……."

U는 매번 엄숙한 곳에서 기도만 하고 지냈을 테니 더 예쁘게 느껴지지 않았을까. 다음에도 다른 예쁜 카페를 또 알아놓았다가 같이 가야겠다고 생각했다.

카페에서 난 아이스 아메리카노를 골랐고, U는 카페라테를 선택했다. 커피 두 잔이 쟁반에 담겨 나왔다. 이 카페의 특징 중 하나는 쟁반의 안쪽 면이 거울이라는 거였다. U는 쟁반을 매우 신기해하며 거울을 구경하더니, 손거울 이야기를 꺼냈다.

"나, 그 거울 아직도 가지고 있어. 내 서랍에."

"거울? 어떤 거울?"

"네가 선물로 준 거. 연꽃무늬 손거울."

"내가? 선물로 줬다고?"

어리둥절하던 중에 기억이 났다.

"아! 그 연꽃무늬?"

"맞아, 그거. 입회식 날에 줬던 거."

"내가 그날 너한테 손거울도 줬구나."

"그래. 편지지랑, 너 사진이랑, 폰 번호도 써주고, 막 이것저것 바리바리 줬잖아."

U는 손거울이 딱히 필요하지 않다고 했지만 내가

기어코 선물로 준비했던 것이다. '만약 압수를 당해도 어쩔 수 없지' 하는 마음으로 최대한 작은 걸 준비했다. 그러면서도 예쁜 것을 주고 싶어서 은은한 자개가 들어간 걸 골랐다.

"맞다, 그랬지. 그리고 내가 립밤도 줬어."

"그랬나? …아! 생각났다. 투명한 거였지!"

우리는 서로의 기억에서 조금씩 흐려진 걸 되살려 주고 있었다. 우정으로 하는 기억 복원 작업. 기억은 시간이 지나면 옅어지기 마련이니까. 또렷해질 수 있도록 같이 색칠해 주는 사람이 있어서 기뻤다.

기억의 조각을 맞추는 내내 웃음이 났다. 그런데 U의 다음 말을 듣자마자 찡, 했다.

"근데 있잖아. 언제부터인가 그 손거울이 계속 내 옆에 있는 거야. 계-속. 힘들 때도 거기 있고, 기도하다가 와도 거기 있고. 다른 지역 성당을 배정받았을 때도 그게 또 옆에 있더라. 그러다 갑자기 깨달았어. 무의식중에 내가 너를 많이 생각하고 있구나, 하고. 그동안 몰랐거든."

"아……. 뭐야, 감동이야. 눈물 나올 것 같아."

"내가 감동이지."

우리는 잠시 말을 쉬었다. 조용히 에너지를 채우는 시간이었다.

더 많은 선물을 해주고 싶은데 그러지 못해서 아쉽다. 그래서 U가 잠깐씩 속세에 나올 때면 최대한 맛있는 걸 먹이고 싶고, 최대한 예쁘고 편안한 곳에 있도록 하고 싶다. 앞으로도 계속, 계속.

“

오랜만에 또 만나면 뭘 하고 싶니?

다 이야기해 줬으면 좋겠어.

하나씩 다 하자.

물론 나도 하고 싶은 게 있어!

최대한 예쁜 곳에서 같이 시간을 보내고 싶어.

”

톱니바퀴 묵상

고전풍 카페의 푹신한 소파에 앉아 커피를 마시던 중, U와 내가 몇 년 동안을 만나지 않았다는 사실이 안 믿길 정도로, 마치 지난주에도 같이 밥 먹었던 느낌이 들어서 이렇게 말했다.

"우리 잘 돌아가는 중이네."

"그러게."

앞뒤 설명 없이 저렇게만 말했는데도 U가 "그러게" 라고 대답을 해서 피식 웃음이 났다. 내가 무슨 말을 한 건지 바로 이해를 한 걸까? 아니면 제대로 못 들어서 그냥 동의를 해준 걸까?

"내가 무슨 말 한 건지 알아?"

"알지."

반쯤 못 미더웠던 나는 이어서 설명을 하기 시작했

다. 대학생 때 톱니바퀴 단어로 일기를 썼던 기억이 난다는 말로.

"사람들은 톱니바퀴 같아. 제각각 모양도 다르고 돌아가는 속도도 다르잖아. 그래서 같이 맞물려 돌아가다가도 모양이나 속도가 안 맞으면 튕겨 나가거나 깨지게 되는 것 같아."

"맞아."

"시간이 지나면 뾰족한 부분들이 조금씩 깎여서 뭉툭해지기도 하지만, 애초에 갖고 태어난 모양을 완전히 바꿀 수는 없잖아?"

"맞아."

"뭐랄까. 노력을 해도 안 맞는 사람들이 있는 것 같아. 노력을 많이 안 해도 맞는 사람들이 있는 것 같고……. 틈새가 안 맞는 톱니바퀴끼리 맞물려 돌아가기 위해서는 엄청난 사랑이 있어야 한다고 생각하는데……. 그건 진짜 어려운 것 같아."

"맞아."

"왜 다 맞다고만 해?"

"맞으니까 맞다고 하지!"

U의 말에 더 할 말이 없어져서 또 웃고 말았다. 역시 우리는 가지고 태어난 모양이 잘 맞는 걸까. 그때 U는 약간 생소한 단어를 꺼냈다.

"톱니바퀴 묵상을 해야겠어."

"묵상?"

"응. 오래오래 더 생각해 보고 싶어서."

"그럼 뭐가 더 좋아져?"

"묵상을 하면 할수록 생각이 점점 더 깊어지고 그래. 신도들과 깊은 이야기도 나눌 수 있겠지?"

"기도랑은 달라?"

"달라. 기도는 신께 하는 것이라 어딘가로 향하는 통로를 걷는 느낌이라고 해야 하나. 묵상은 혼자 파고드는 것에 가까워."

"아-, 그렇구나……."

아, 내 친구는 수녀님이었지…….

'묵상默想'이라는 단어가 인상 깊게 들어왔다.

더더욱 깊이 생각해 보는 것.

혼자 대화를 나누고 또 나누는 것.

나도 묵상을 많이 해봐야겠다.

그리고 사람들이 '관계'에 힘을 빼지 않았으면 좋겠다.

각자의 톱니바퀴 모양에 대해서 생각해 보는 묵상을 해보는 편이 훨씬 더 좋겠다.

안 맞으면 빨리 멀어져도 좋고, 맞으면 맞는 대로

같이 돌아가도 좋겠다.

모양이 맞는 사람은 분명 있다.

“

네가 묵상을 하는 것처럼

나도 글을 써야겠어.

파고들고 또 파고들어서

더 많은 생각을 할 수 있도록.

”

소확행小確幸은 작지 않아

살면서 힘든 시간도 많지만 잘 찾아보면 행복한 시간도 많은 것 같다. 아니다. '많은 것 같다'보다 확실하게 '많다'라고 쓰는 게 좋겠다. 일상 곳곳에 숨어 있는 게 사실이라서.

"요즘 뭐 할 때 행복해?"라고 묻자 U는 금방 답했다. 한두 달에 한 번, 다른 곳에 있는 동년배 수녀들과 만나게 될 때가 있는데, 함께 간식을 사 먹는 시간이 참 행복하다고. 고개를 끄덕이고 있었는데, 이어서 U는 이렇게 말했다.

"지금 이 시간도 행복해."

"나도."

곧바로 대답했다. 그리고 행복한 정적의 시간.

'소확행小確幸'이라는 단어가 떠올랐다. 처음 들었을 때 발음을 '소하켕'이라고 들어서 '일본어 신조어인가?' 싶었다. 알고 보니 '소확행'으로, '소소하지만 확실한 행복'의 줄임말이었다. '힐링'과 연결된다고 볼 수 있는 단어다.

이 단어는 일본 소설가인 무라카미 하루키가 본인의 수필집에서 처음으로 썼다고 한다. 그는 '갓 구운 빵을 손으로 찢어 먹는 것, 새로 산 정결한 면 냄새가 풍기는 하얀 셔츠를 머리에서부터 뒤집어쓸 때의 기분'을 '소소하지만 확실한 행복'이라고 정의했다고 한다. 일본어로는 '쇼캇코しょうかっこう'라고 발음한다. '작지만 확실한 행복小さいけれど確かな幸福', 바쁘고 피곤한 일상 속에서 확실하게 느낄 수 있는 그런 행복감. 그러니까 사실은 작지 않은 것. 쌓이고 쌓이면 엄청 많아질 수 있는 것.

생각해 보면 우리는 평소에 "행복하다"는 말을 자주 하지는 않는 것 같다. "오!", "우와!" 감탄사 정도는 말하긴 하는데, 그리고 "맛있다"라는 표현은 무언가를 먹다 보면 자연스럽게 나오긴 하지만 "아, 행복해!", "나 지금 진짜 행복해!" 이런 말은 생각보다 잘 안 쓰는 것 같다. 진짜 행복하지 않아서일 수도 있지만 아무래도 입에 붙은 단어가 아니어서 그런 듯하다.

그렇지만 일상 속에서 '확실하게 행복한 시간'들은 분명 있다.

나의 '소확행'은,

가사가 좋은 노래를 가만히 듣고 있는 것,

아무것도 안 하고 뒹굴거리며 시원한 공기를 느끼고 숨 쉬는 것,

맑고 차갑고 쓴 아메리카노를 쪼옥 빨아서 목구멍으로 넘기는 것,

귀여운 캐릭터 혹은 스티커를 보는 것.

잠들기 전에 이불을 덮고 따뜻해지는 시간이라거나,

잠에서 막 깨어났을 때 부드러운 베개를 끌어안는 느낌,

몽롱한 상태로 휴대폰을 만지고 시간을 확인하는 시간,

무거운 가야금을 꺼내서 조율을 시작하는 것,

보고 싶은 애니를 틀어두었을 때나,

같이 일하는 직원들이 잠깐 내 책상에 와서 간식을 줄 때,

이럴 때 행복하다.

아, 그리고 U를 생각할 때도.

행복은 수채화처럼 점점 번져서 옆을 물들인다. 그러니까 행복하다는 표현을 더 많이 쓰고 싶다. 그럼 행복은 더더욱 커질 테니까. 번지고, 커지고, 불어나고, 그러다 보면 선명해지리라 믿는다.

"

네가 행복하다고 말한다면

나는 더 행복해.

내가 행복하다고 말하면

너도 더 행복하겠지?

"

아무 말 대잔치

'아무 말 대잔치'라는 단어가 정말 마음에 든다. 맥락에 신경 쓰지 않고 아무 말이나 자유롭게 말한다는 것인데, 큰 잔치를 벌이듯이 말을 이것저것 늘어놓는다는 말이다. 부정적인 의미보다는 즐거운 의미가 더 크다고 생각해서 귀엽기도 하다.

행동이든 말이든, 좋아함을 드러내야 상대방이 알 거라는 생각이 들면서부터는 조금씩 말을 늘리고 있다. 며칠 전에는 현재 같이 일하고 있는 친한 직장 동료랑 톡을 마무리하던 중에 하트 이모티콘을 붙이면서 이런 말을 보냈다.

— ○○님! 좋아해요!

그분은 약간 당황한 듯 "갑자기요?ㅋㅋㅋㅋㅋㅋ"라고 답장을 하시더니 이어서 "저도 좋아해요!"라고 하트를 보내왔다.

덕분에 오후가 행복해졌다.

밤을 걷다

처음은 왠지 기억에 남는 법이다. 긴 과정 중 하나일 뿐이라 굳이 큰 의미를 부여하지 않아도 상관없지만, 기억에 남기는 남는다. 밤과 새벽 사이의 시간을 처음으로 걸었던 날도 인상 깊게 남았다.

U와 함께 카페에서 시간을 보내던 중, 밤 아홉 시가 넘고, 열 시가 가까워졌다. U는 이만 들어가고 싶다고 말했다.

"벌써? 아직 열 시밖에 안 됐는데?"

"어, 그렇긴 한데……."

"수녀님들은 통금 시간이 있는 거야?"

"아니, 그건 아니고. 실은 이렇게 늦게까지 밖에 있는 게 너무 오랜만이라……. 이상하네, 좀……."

아……. U가 불안해 보이던 이유를 드디어 알았다.

곧바로 자리에서 일어났다.

주변 술집들의 간판은 휘황찬란했고 술에 취한 젊은이들은 여기저기서 깔깔대고 있었다. (우리도 젊은이들 중에 하나인데!) U가 내심 무서워하고 있는 게 느껴져서 미안했다. 좀 더 빨리 일어날 걸 그랬다. 내가 U에게 부디 보디가드처럼 든든하게 느껴지기를 바라며 나란히 걸었다.

U와 버스를 타고 집에 돌아가는 길. 괜히 눈물이 날 것 같았다. 4년 만에 만났는데, 또 언제 보나 싶어서. 사실 집에 들어가고 싶지 않았다. 만난 시간이 너무 짧았으니까. 같이 밤 산책이라도 하고 싶었다. 밤에만 보이는 것들이 있는데, 그걸 같이 감상해 봐도 좋을 텐데. 하지만 U를 붙잡을 수 없었다. 불안하게 흔들리는 눈빛이 선명했기 때문이다.

나도 밤이 무서웠던 기억이 있다. 그래서 U의 마음을 금방 알았다. 시커먼 어둠이 무서웠던 날. 하지만 새로운 것들을 많이 본 것도 사실이었다.

첫 회사에서 회식을 정말 늦게까지 했던 날이 있다. 갈 사람은 가도 좋다고 했지만, 신입이었던 나는 좀 더 남아 있어야 할 것 같았기에 계속 남았다. 주말을 앞두고 회식을 하면 몇 차까지 가는지 궁금하기도 했다.

마지막이 6차였던가? 새벽 세 시가 되어서야 회식이 끝났다.

집 방향이 같은 직원분이 있어서 같이 택시를 탔다. 그런데 밖이 너무 컴컴했다. 창문마저 새까맣게 느껴질 정도로. 다음에는 절대 이 시간까지 남지 말아야겠다고 다짐했다.

내가 무서워하는 걸 느꼈는지, 그분이 질문했다.

"왜 그렇게 무서워해? 부모님한테 혼날까 봐?"

"아니요, 혼 안 나요. 오늘 회식이라 늦을 것 같다고 진작에 말씀드렸죠."

"그럼 뭐가 무서워? 계속 불안해하는 것 같은데."

"아……. 저… 이 시간에 밖에 있는 거 처음이라서요."

"새벽 3시에 밖인 게 처음이라고?"

"네."

"진짜야?"

"네. 그래서 좀… 뭔가 이상해서……."

그분은 '뭐 이런 애가 있지?' 싶은 표정이었다. 아니면 다시 한 번 "정말이야?"라고 묻고 싶었는지도 모르겠다. 물론 대학교 엠티나 수련회 등을 통해 바깥에 있었던 적은 있지만 그런 건 단체 활동이었으니까. 혼자나 다름없는 상태로 바깥에서 새벽 세 시를 맞이한 건 처음이었다.

그때 그분이 의외의 제안을 했다.

"그럼 처음이니까 근처 좀 구경하다가 들어가. 같이 있어 줄게. 산책하면서 새벽 달도 좀 보고, 새벽 별도 좀 보고."

피곤하실 테니 괜찮다고 하며 사양했다. 그러나 그분이 다시 말했다.

"나중에 작가 되고 싶다면서. 글 쓰려면 밤 풍경도 봐야 하는 거 아냐? 이 시간까지 회식하는 경우는 거의 없으니 흔치 않은 기회일 텐데?"

그렇다. 다음에는 이 시간까지 회식에 참여하고 싶지도 않고, 이 시간에 혼자서 돌아다니는 건 위험하겠지. 밤을 관찰할 기회인 것도 맞았다. 묘하게 설득을 당한 나는, 집 근처에서 밤 산책을 하기로 결정했다. 그분은 "나중에 이 이야기 써"라고 했고 난 고개를 끄덕거렸다.

택시에서 같이 내려 말없이 걸었다.

어느 가을의 새벽 세 시.

달도, 별도 별다른 건 없었다.

다만 바람이 더 차고 구름이 더 조용했다.

길가에 있는 가로등은 대부분 꺼져 있더라.

차가 거의 없는 도로는 고요했다.

빈 횡단보도에도 초록불은 잘 들어왔다.

낙엽은 온몸으로 소리를 내며 굴러갔다.

환하게 켜진 간판은 24시간 편의점뿐이었다.

교회의 십자가도 24시간인 줄 알았는데 아니라는 걸 처음 알았다.

새벽 세 시의 고양이에게는 그림자가 없었다.

뭔가 무서우면서도 신기한 밤이었다. 밤을 걷는 기분은 한마디로 색달랐다. 안 보이던 것들이 나타났으니까. 위험하지만 않다면 언제든 또 밤을 보고 싶은데.

U에게도 밤 풍경을 보여주고 싶다.

“

너랑 같이 밤을 걸어보고 싶어.

새로운 걸 같이 보자.

대신 너무 늦게까지는 말고.

네가 정말 무섭다고 하면 굳이 붙잡진 않을게.

”

이야기,
다섯

나의 고백들,
반가운 너의 목소리

너와 못해본 일 I
— 파리 여행에서

여행. 낯선 동네로 떠나보는 일. 동행자의 새로운 모습을 발견하게 되는 시간. 그걸 U와 누리지 못한 게 아쉽다. 국내든, 해외든 같이 가는 거라면 어디든 좋았을 텐데. 중학생 때 우연히 함께 갔던 캠프에서 U가 켜지지 않던 TV의 코드를 어떻게든 꽂아서 켰던 밤처럼, 그런 새로운 모습을 볼 수도 있었는데. 이제 다시는 기회가 없을 것만 같아서 속상하다.

그래서 U에게 만약 '자유시간' 같은 게 주어진다면, 나는 곧바로 이렇게 말할 것이다.

"우리, 여행 가자!"

그럼 U는 곧바로 대답할 것이다.

"좋아! 가자!"라고.

("허락받고 올게"라는 말을 덧붙이긴 하겠지만.)

우리는 많은 걸 했다. 학교도 같이 다녔고, 같이 맛있는 것도 먹었고, 카페도 갔고, 쇼핑도 했다. 둘 다 조용한 성격이었지만 만나기만 하면 재미있었다. 딱 그 사춘기 소녀들처럼 까르르 웃으며 다녔다.

그런데 우리가 딱 하나 못한 것은,

여행이었다.

스물여섯 살 여름, 나는 첫 회사를 박차고 나왔다. 첫 입사가 '열정'이라면 첫 퇴사는 '패기'다. 요즘처럼 취업이 어려운 시대에 정규직 자리를 박차고 나왔으니 젊은 날에만 부릴 수 있는 용기인지도. 첫 입사보다 첫 퇴사가 더 멋지다는 생각도 한다.

퇴사를 앞두고 한 것은 여행 준비였다. 목적지는 프랑스 파리. 그때 스스로가 미쳤다고 생각했다. 거의 두 달 치 월급을 여행에 쏟아부었으니까. 여행을 가려고는 했지만 그렇게 비싸게 갈 생각은 아니었는데……. 친한 언니랑 같이 가기로 했고, 어쩌다 보니 언니의 꾐(?)에 설득당하여 여행지를 대뜸 프랑스 파리로 잡아버렸고, 멀리 가게 되다 보니 여행 기간을 처음 계획보다 두 배로 늘렸고, 기간이 늘어난 만큼 방문할 관광지 비용과 생활비가 올라갔고, 그러다 보니 준비해야 할 액수가 계속 치솟았다. 뭔가를 추가로 결제할 때마다 손이 덜덜 떨렸다.

"언니… 제가 지금 돈이 없어요……. 이 이상은 진짜 안 되겠어요……. 돌아오면 바로 다시 취직해야 해요. 취직 안 되면 어떡해요……."

나는 저 말을 자꾸 반복했다. 통장이 '텅장'이 되어가자 걱정이 무더기로 쌓여 갔다. 언니는 계속 걱정하지 말라고만 했다. 너라면 잘할 거고, 다 잘될 거라고.

"돈은 또 벌어서 모을 수 있지만, 시간은 절대로 살 수가 없어."

만약 동갑내기 친구가 저렇게 말했다면 다투었을지도 모르겠다. 그런 식상한 소리 하지 말라고. 나도 그 정도는 안다고. 그렇지만 이 언니는 나보다 여섯 살 위였기에 나는 딱히 반항하지 않았다. 어느 정도는 맞는 말이라고 생각한 것도 있고, 언니도 진심으로 말했을 테니까.

하지만 그때는 저 말이 잘 와닿지 않던 나이였다는 게 함정이랄까. 계속 '이건 아닌 것 같은데……' 하며 한숨을 쉬었다. 이미 결제한 것들을 취소하지도 못할 거면서 바보같이 끙끙 앓다니.

내가 계속 괴로워하자 언니는 "걱정 마. 너 나중에 나한테 고맙다는 소리할 걸?"이라고 말했는데 실제로 그렇게 되었다. 언니가 여행 중에 맛있는 것도 많이 사주었고 경비를 조금 더 내주기도 해서 고마웠지만, 무엇보다 그때가 내 인생에서 다섯 손가락 안에 드는 행복한 추억이 되었으니까. 우물 안 개구리가 세상 밖으로 나갔으니 얼마나 새로운 세계였겠는가. 언니가 아니었다면 난 그렇게 멀리까지 가지 못했을 것이다. (이 큰 고마움을 어떻게 보답해야 할까 매번 고민했는데, 나중에 언니의 결혼식 날 '가방순이'로 발 벗고 뛰며 고마움을 표현할 기회가 와서 기뻤다.)

비행기를 13시간가량 타고 날아가는 동안 마냥 설렜다. 반짝이는 파리 에펠탑을 내 눈으로 직접 봤을 때는 믿기지가 않아서 눈을 깜빡일 때마다 사라지진 않을까 걱정했고, 루브르 박물관에 갔을 때는 예상보다 훨씬 넓었던 나머지 잰걸음으로 돌아다녔다. 반쯤은 뛰어다니고 반쯤은 경보로 구경하고 다녔다. 베르사유 궁전에서는 화려함을 만끽했고, 몽마르트르 언덕에서는 자유로움을 맛보았다. 물론 다 좋기만 한 건 아니었다. 지하철에서는 퀴퀴한 냄새가 났고, 공공화장실이 없어서 불안했고, 심지어 소매치기도 경험했다. 그럼에도 불구하고 다 좋았다.

여행 마지막 날 밤에는 몽파르나스 타워 전망대에 올라갔는데, 반짝반짝 빛나는 파리 전체를 내려다보자 눈물이 흘러내릴 정도로 가슴이 벅찼다. 사실 파리에서 가장 신기했던 건 보름달 크기가 매우 커다랗다는 거였다. 평소 우리나라에서 보던 것보다 두세 배쯤 커다란 달이 환하게 떠 있었다. '휘영청'이라는 단어에 매우 잘 어울리는, 정말 쟁반 같은 달이었다.

파리를 여행하면서 중간중간 U를 생각했다. 수많은 건축물과 미술품들을 보며, 높디높은 성당들을 보며, 성모 마리아상을 보며, 'U가 직접 봤다면 무척이나 좋아했을 텐데' 싶었다. 한편 파리 수녀님들은 어떤 복장을 하실지 궁금했는데 도통 발견할 수가 없었다. 다들 사복 차림으로 다니시는 건가?

U가 수녀원에 들어갈 준비를 하고 있다고 좀 더 빨리 말해줬다면 어딘가 함께 갈 수 있었을 텐데. 아마 확정이 안 되어서 말을 못한 거겠지만…….

지나고 나니, 아쉬움이라는 녀석이 자꾸 마음을 간지럽힌다. 옆에 있을 때 잘하라는 말은 정말 맞는 말이다.

“

밟아본 적 없는 땅을 디디고

만나본 적 없는 공기를 마시다 보면

새로움과 그리움에 젖어든다.

그때의 기억으로 숨을 쉬다 보면

또 떠나고 싶어진다.

여행이란, 그런 것.

”

너와 못해본 일 II

— 우정 사진

사람들은 사랑하는 사람과 결혼할 때 웨딩사진을 꽤 많이 찍는다. 집안 행사가 있을 때는 가족사진도 많이 찍고, 혹은 친척들과 다 모여서 찍을 때도 많다. 그런 사진들은 전문 사진관을 예약하거나 포토그래퍼를 섭외하여 필수처럼 찍는 편이다. 그에 비해 우정 사진은 잘 안 남기는 것 같다.

나는 사진 찍는 걸 별로 좋아하지 않았다. '셀카'는 더더욱 안 찍었다. 외모에 자신감이 별로 없을뿐더러 사진의 중요성을 몰랐기도 했다. 이건 U도 그랬다. 특히 맛있는 음식을 먹으러 가도 나는 사진을 찍는 경우가 없었고, U는 플레이팅plaiting에 참고할 수 있도록 최소한의 사진만 찍었다.

그랬던 내가 지금은 사진을 꽤 많이 찍는다. 디지털

카메라도 사서 가지고 있고(중고로 사긴 했지만), 이곳저곳에 들고 다니며 찍는다. 사진은 다시는 돌아오지 않는 시간을 보관하는 것이라 소중하다는 걸 이제는 안다.

스물한 살 때였을까? U가 폴라로이드 카메라를 샀다. 우리는 도넛을 먹다가 어설픈 표정으로 같이 셀카를 찍었다. 그때 둘 다 어찌나 부끄러워했던지. 시간이 지나고 보니 다 아쉽다. 그때 더 많이 찍을 걸 그랬다. 폴라로이드로도 많이 찍어두고, 사진관에서도 멋진 우정 사진을 찍어둘 걸…….

눈에 담는 일도 중요하지만 기억은 조금씩 희미해지기 마련이라. 그래서 사람들에게 우정 사진을 꼭 남기라는 이야기를 해주고 싶다. 폰으로 찍는 셀카도 좋지만 조금 더 전문적으로 찍어보라고 하고 싶다. 인생에서 제일 젊은 때에, 제일 좋아하는 사람과 찍는 것도 분명 추억이 될 테니까.

U와 사진관에 가서 사진을 남기고 싶다. U가 만약 수녀복이 아니라 다른 옷을 입어도 괜찮다면, 잠시만이라도 다른 옷을 입을 수 있다면 콘셉트를 정해서 옷을 맞춰 입고 예쁜 사진을 남겨두고 싶다. 함께 한복을 입어도 좋을 텐데. U는 해금을 들고, 나는 가야금

을 들고.

요즘은 '인생네컷' 혹은 '인싸컷'이라는 곳에서 무인 기계로 사진을 찍는 게 유행이라고 한다. 그 옛날, 스티커 사진 기계랑 비슷하다. 돈을 선불로 넣은 다음 기계 앞에 서서 자세를 취하고 빠르게 여러 장 찍는 것이다. 가격이 저렴해서 부담 없이 찍기 좋은 것 같다. 보통 오천 원 정도라서. 이는 찍기 전의 두근거림, 찍는 동안의 다급함과 웃음, 찍은 후의 기분 좋음까지 모두 합쳐진 가격이니 매우 괜찮은 편이다.

늦지 않았다. 언제 찍든 나이는 상관없다.

소중한 사람과 시간을 담는 일은 언제든 멋진 일이니까.

“

사진 같이 찍으러 언제 갈래?

정말 설레는 날이 될 것 같아!

”

맛있다는 거짓말

카페 카운터 앞에서 바로 '아아'를 주문하는 사람들은 거의 비슷한 것 같다. 커피 맛이 별로 중요하지 않은 것이다. 빠르게 결정하고 시간을 아끼려는 사람들. 고민하는 시간을 줄이고, 대신 카페에서 '할 일'에 더 집중하는 것. 사람에게 집중하거나, 일에 집중하거나, 혼자만의 시간에 집중하거나.

수녀원 입회식 이후 4년 동안 보지 못했던 U와 만나기로 한 날이 가까워졌을 무렵.

— 우리 뭐 할까? 하고 싶은 거 있어?

— 나 영화 보고 싶어.

— 그래! 그러자!

U는 표현을 확실하게 하는데, 오랜만에 만나기 전에도 그러했다. 신이 났다. 안 해본 걸 해보고 싶었던 나는 다른 것도 추천했다.

— 고양이 카페도 갈래? 근처에 생겼는데.

— 그래? 그것도 좋고. 생각해 보자.

정식으로 수녀복을 입은 U를 처음 만난 그날. 결과적으로 우리는 영화도 안 봤고 고양이 카페도 안 갔다. 우리가 간 곳은 음식점과 일반 카페였다. U는 오랜만에 받은 휴가였지만, 번잡한 곳에 오니 부담스럽게 느껴졌는지 조용한 곳을 가고 싶다고 했다.

같이 음식점에 들어갔을 때는 사람들이 흘끗거리는 게 느껴졌다. 웬 젊은 수녀님이 레스토랑에 들어가서 신기했던 걸까? 수녀도 똑같은 사람이라 맛있는 걸 먹고 싶을 텐데. 카페에 들어갔을 때도 마찬가지였다. U는 주목받는 게 일상인지도 모르겠다.

고양이 카페를 가보자고 제안한 건 내가 생각이 짧았다. 수녀복에 털이 붙으면 힘들었을 테니까. 가끔은 수녀님들이 사복을 입을 수 있으면 좋을 텐데.

오랜만에 만난 만큼 깊은 이야기를 많이 나눌 줄 알

았는데 시답잖은 이야기들만 잔뜩 늘어놓고 말았다. 친구란 그런 건가 보다. 뭘 얘기해도 다 재미있게 느껴지는 존재. 재미가 없더라도 흥미로운 듯 들어주는 존재.

우리는 저녁으로 파히타 세트를 먹은 후 따뜻한 조명과 소파가 있는 카페에 갔다. 그곳은 내가 자주 가는 카페였다. 드디어 U를 데려갈 수 있어서 기뻤다.

U는 아이스 녹차 라테를 골랐다. 여전히 결정이 빨랐다. 메뉴판을 열자마자 몇 초도 걸리지 않아 음료를 고르는 U를 보며 조금은 안도했다. 내가 아는 U의 모습 그대로여서. 이어서 나는 아이스 아메리카노를 골랐다.

"여전히 아이스 아메리카노 시키네?"

"아, 응. 시원하고 맛있잖아."

"맛있다고? 난 쓰게만 느껴지더라. 난 역시 단 게 좋아."

"맞아, 너는 단 거 좋아했지."

서로를 여전하다고 느끼는 중이었다. 주변 사람들의 대화 소리는 부드럽게 퍼졌고, 우리도 조용한 시간을 보냈다. 그런데 나는, 방금 내가 말한 "시원하고 맛있잖아"라는 문장이 뭔가 이상하다고 느끼는 중이었다. 내가 아이스 아메리카노를 정말 맛있어서 마셨던가?

앞치마를 두른 젊은 여직원이 유리컵 두 잔을 들고 와 우리 테이블에 하나씩 올려주었다. 내 유리컵에는 갈색 커피와 얼음들이, U의 유리컵에는 연두색 액체와 얼음들이 담겨 있었다. 흐름이 끊겼다. 방금까지 어떤 얘기를 했더라? 저녁을 먹으면서 무슨 얘기를 했더라? 무슨 이야기를 어디서부터 해야 하지? 갑자기 생각이 나지 않았다.

U는 말없이 빨대를 들어 올리더니

얼음들 사이에 꽂았다.

그리고 살짝 저었다.

달그락-

하고 얼음들이 서로에게 닿는 소리가 나자 편안함에 휩싸였다.

U는 항상 그랬다. 상대를 편안하게 해주었다. 마치 상대방이 어떤 생각을 하고 있는지 읽은 것처럼. 아니, 상대의 생각을 읽은 게 아니라 잠시 기다려주면서 숨을 쉴 시간을 선물한 것인지도 모르겠다. 숨을 쉬는 그 1~2초 덕분에 긴장이 풀어지곤 하니까.

그날 밤. 집에 와 다시 생각해 보던 중, 난 아이스 아메리카노가 맛있어서 마시는 건 아니라는 걸 깨달았다. 나도 모르게 U에게 거짓말을 한 것 같다.

카페에 갈 때면 고민이 길어지는 게 싫어서 '아아'를 선택한다. 다양한 커피와 음료가 있지만 습관적으로 고르고 만다. 언제부터인지 모르게 입맛으로 굳어져 버렸고, 집에서도, 사무실에서도 '아아'를 직접 만들어 마시게 되었다.

스무 살 때의 기억, 일명 '에스프레소 사건'을 꺼내본다.

봄이었다. 대학교 1학년이던 때, 나는 갓 쓴 소설을 가지고 한 선배에게 조언을 구했다. 그 선배는 감사하게도 개인적으로 피드백을 해준다고 했고, 학교 근처 카페에서 만나자는 약속을 했다.

선배는 먼저 카페에 도착해 있었다. 이미 음료를 마시는 중이었다. 내가 마실 것을 주문하고 오겠다고 하자 선배는 자리에서 일어나더니 본인이 사주겠다고 했다. 나는 괜찮다며 손사래를 쳤다. 나는 누군가 내게 무언가를 사준다고 하면 빚지는 것 같아 싫었다. 이상하게 느껴지기도 했다. 당시 나는 "내가 먹을 것은 내가 사야 한다"는 생각을 강하게 갖고 있었기 때문이다. 하지만 선배는 계산대 앞까지 따라왔다.

"뭐 마실래?"

동공이 흔들렸다. 선배가 신입생에게 음료 한 잔 사주는 게 그리 큰일은 아니었을 텐데, 그게 부담스럽게만 느껴졌다.

"어… 어…."

나는 메뉴판을 들여다보며 "어…"라는 소리밖에 내지 못했다. 부담도 부담이지만, 카페에 메뉴가 지나치게 많았거니와 당시 커피 이름은 하나도 알지 못해서였다. 심지어 비싸기까지 했다.

내가 메뉴판만 쳐다보자 선배는 한 마디 덧붙였다.

"마시고 싶은 거 골라."

손에 땀이 났다. 나는 계속 고르지 못했다. 직원은 계속 날 바라보고 있고, 선배도 기다리고 있는데. 빨리 골라야 할 것 같은데.

나는 기어들어가는 목소리로 말했다.

"저… 에스프레소…요."

선배는 잘못 들은 건 아니겠지, 하는 표정을 지었다. "그걸 마시게? 많이 쓸 텐데?"라는 질문을 해왔지만 나는 "저 쓴 것도 잘 마셔요"라고 대답하고는, 드디어 골랐다는 안도감이 들어 하하, 웃었다.

내가 에스프레소를 고른 이유는 두 가지였다. 첫 번째는 메뉴판 맨 위에 있어서였고, 두 번째는 그 카페의 음료 중 가격이 가장 저렴해서였다. 사실은 에스프레소라는 게 뭔지도 몰랐다. 처음 보는 이상한 단어였다. 커피 이름들은 왜 이렇게 어려울까?

곧 진동 벨이 울려서 받으러 갔다. 쟁반 위에는 애기 주먹만큼 작은 은색 잔이 있었다. 그리고 그 안에는 매우 진한 갈색 액체가 담겨 있었다. 그때 나는 '아, 가격이 싸니까 양도 적은가 보다'라며 혼자 납득했다.

테이블에 쟁반을 내려놓자 선배는 다시 한 번 걱정하는 표정을 지었다.

"너 그거 마셔본 적 있어? 진짜 써."

난 대답을 조금 불분명하게 했다.

"마실 수 있어요! 잘 마시겠습니다."

그리고 최대한 아무렇지 않은 표정으로,

조그마한 은색 잔을 들고,

한 모금 들이킨 순간-

기침이 터졌다.

캑캑거림의 연속이었다. 먹어서는 안 될 것을 마신 듯이 입이 거부했다. 혀가 뜨거웠고 목구멍이 썼다. 대체 이런 걸 왜 파는지, 왜 이렇게 뜨겁고 쓴지. 세상에서 가장 쓴 게 바로 이건가? 한약도 이것보다는 달 것 같은데. 사람들이 담배를 처음 피울 때 이런 느낌일까?

선배는 곧바로 찬물을 가져다주었고, 차라리 물에다가 부어서 마시는 게 어떠냐고 했다. 나는 계속 캑캑대면서 "이걸 물에 왜 부어요?"라고 물었다. 그때 선배는 알아차렸을 것이다. 이 신입생은 에스프레소를 마셔봤기는커녕 아예 모른다는 걸.

"몰랐구나? 에스프레소를 물에 타면 아메리카노가 돼. 뜨거운 물에 타면 핫 아메리카노, 얼음이 있으면 아이스 아메리카노."

"아……."

얼굴이 뜨거워졌다. 들켜버렸나. 선배는 옅은 미소를 지었다가 아무렇지 않다는 듯 넘어갔다. 그날 소설에 대한 피드백을 무슨 정신으로, 어떻게 받았는지 모르겠다. 열심히 듣긴 했는데.

그 후로 나는 아이스 아메리카노만 주문하게 되었다. 카페만 가면 쿨하게, 이제 뭔가 좀 안다는 듯이, 자신 있는 목소리로, 틀에 갇혔다. 다른 음료를 주문한 적도 있긴 있다. 카페에 서른 번쯤 간다고 하면 한 번쯤은 다른 메뉴를 가까스로 주문하는 것 같다. 하지만 고르는 데 한참이 걸린다. 그러다 보면 그냥 다음에는 '아아' 시켜야지, 싶고. 결국, 그렇게 돌고 돌아 '아아'

로 오곤 했다. 최근에는 그래도 다른 음료들을 주문해 보면서 이것저것 도전하는 중이다.

아무튼 나는 카페만 가면 선택력이 현저히 떨어지는 탓에 '아아'가 습관이 되어버렸다. 맛있다는 말이 입에 붙은 듯하지만 '맛있어서 마시는' 건 절대 아니다. 감히 수녀님께 거짓말을 해버리다니! 부디 나의 작은 거짓말을 이해해 주길 바라며.

오늘도 나는 아이스 아메리카노를 마셨다.

"

또 함께 카페에 갈 수 있다면 정말 좋겠어.

따뜻한 햇살 아래에서,

혹은 눈 내리는 걸 보면서,

무언가를 함께 마실 수 있다면 행복하겠다.

"

너의 이름은

사람들은 살면서 수많은 이름을 만난다. 스쳐 지나가서 기억에 전혀 남지 않기도 하고, 오래오래 아로새겨지기도 한다.

2016년에 나온 일본 애니메이션 영화 중에 「너의 이름은」이라는 작품이 있다. 시골에 사는 여학생과 도시에 사는 남학생의 영혼이 가끔씩 뒤바뀌면서 벌어지는 이야기인데, 장소 차이뿐만 아니라 시간 차이까지 있는 판타지 장르다. 서로의 이름을 잊었다가 기억해 내는 내용이 키포인트다.

무엇보다도 나는 제목이 정말 마음에 들었다. 소중한 사람의 이름을 기억하는 일이 얼마나 중요하겠는가.

U의 생일이 되면 수녀원으로 전화를 걸었다. 축하 인사를 전하고 싶어서. 그렇지만 전날 밤부터 아침까지 매번 고민했다. 전화를 해도 되나? 혹시라도 U가 꾸중을 듣는 건 아닐까? 속으로 엄청난 갈등을 겪다가 결국에는 낮 즈음에 전화를 걸어버렸다. 대부분의 선택은 첫 마음이 이끈 선택이다.

누군가 전화를 받으면 최대한 예의 바르게, 최대한 조심스럽게 말씀을 드렸다.

"안녕하세요. 저는 ○○○ 수녀님의 친구 박시은이라고 합니다. 중요한 일이 있어서 전화를 드렸습니다. 혹시……."

"네? 어느 분이요?"

전화를 받은 분이 되물으셨다. 마치 그 수녀님의 이름을 처음 듣는다는 듯이. 그때마다 난 U가 실제 이름을 사용하지 않는다는 걸 다시 생각해 냈고, U의 세례명을 말씀드리면 전화를 받은 분은 "아!" 하고 바로 안다는 목소리로 바뀌셨다.

천주교에서는 세례명을 '본명本名'이라고 하던데, 세례를 받고 세례명을 받은 순간부터 그게 본명이 되는 거라고 한다. 태어날 때 받은 이름은 그때부터 '속명俗名'이 되는 거라고.

태어날 때 받은 이름을 지우고 세례명으로 살아가

는 일은 어떨까? 정말 새로 태어난 기분일까? 하긴 스님들도 출가하면 법명을 지으신다. 그렇지만 법명은 한자라서 괜찮은데, 세례명은 생소한 외국어로 이루어진 이름이라서 닉네임을 쓰는 기분일 것 같다.

예상했던 대로 그날 U와 통화를 할 수는 없었다. 그렇지만 전화를 받은 수녀님께서 U에게 꼭 전해주셨으리라 믿었다. 한 친구가 전화했다는 사실을. 내가 전화한 이유는 말하지 않아도 알고 있을 거라 생각했다.

언제는 U에게 이렇게 편지를 썼다.
'너의 이름을 부르면서,
매년 너의 생일을 축하해 주고 싶어.'
라고.

최근에 U가 휴가를 나왔을 때 잠시 U의 부모님을 뵙게 되었다. 그런데 부모님께서도 더 이상 U를 이름으로 부르지 않는다는 것에 내심 놀랐다. 이제는 내가 U의 이름을 부르는 유일한 사람인지도.

어떻게 부르든 U는 그대로지만, 그래도 나는 U의 속명을 기억하고 싶다. 왜냐하면 U의 이름을 부르기만 해도 힘이 나기 때문에. 만약 U가 잊으며 살더라도 나만큼은 절대 잊고 싶지 않다. 우리가 함께했던 세상이 담겨 있는 이름이라서.

누군가의 이름이 누군가의 마음에 얼마나 남게 될지는 각자에게 달렸다. 또는, 운명에게 달렸을 수도 있겠다. 사람은 아주 사소한 것으로도 감동을 받을 수 있고 고마움을 느낄 수 있으니까. 또는 어느 날 갑자기 사랑에 빠질 수도 있으니까. 그러다 보면 기억에 남게 되는 이름이 생기기 마련이라.

나도 누군가에게 오래 기억되고 있는 이름일까.

“

오늘도 너의 이름을 생각하며 너를 떠올린다.

잊고 싶지 않은 이름.

잘 지내고 있니?

오늘은 어떻게 보냈어?

”

너랑 내가 같은 세상을 살고 있어

환절기에는 마음에도 변화가 찾아오나 보다. 정리할 건 정리하고 새롭게 시작할 건 시작하고.

보험을 하나 들었다. 여러 상품을 찾아보고 검색도 많이 해보고 그러면서 엄청 공부하게 되었다. 나에게 가장 최적의 보험을 가입하고 싶은데, 구성이 어딘가 부족한 것 같고, 조금 더 채웠으면 좋겠고, 그러다 보니 보험설계사님 한 분을 여섯 번쯤 만났다. 이런 데서 성격이 나오는구나, 싶었다. 내가 정확히 모르는 걸 가입하긴 싫으니까 묻고, 또 묻고, 따져보고, 재고, 고민해 보고. 그리고 결정을 내리며 딱 가입했다. 그날 설계사님께서 나한테 그러셨다. “정-말 엄-청나게 신중하신 분이시네요”라고. 그리고 “지금까지 많은 분들 만나봤지만 이렇게 특이한 질문들까지 하는 분은 처음입니다"라고. 칭찬으로 들어도 되는 걸까? 좋은 말로 듣지, 뭐. 어쨌든 가입하고 나니까 뭔가 되게 마음이 편해졌다. 이게 사람 심리인가 싶기도 하고. 보험의 순기능이라고 생각했다.

그리고 운전면허 학원에 가서 도로주행 수업을 등록했다. 다른 학원들도 다 그런 건지는 모르겠지만, 무조건 직접 방문해서 직접 등록을 해야 한다고 했다. 전화로도 예약이 안 되고 대리자 등록도 안 된다고 했다. 반드시 직접 와야만 한다고 해서 결국 갔다. 대학생들 방학이 끝났으니 등록한 사람 수가 좀 줄어들었으리라 예상했는데 완전히 틀린 예상이었다. 예약이 엄청나게 밀렸다고. 도로주행 수업을 제일 빨리 받을 수 있는 날짜가 한 달 후라고 해서 어쩔 수 없이 그러겠다고 했다. 이제 진짜 운전하면서 다니고 싶다. 장롱면허 탈출하고 싶다! 보험도 가입했으니까 이제 운전하다가 크게 다쳐도 괜찮지 않을까? 물론 그러면 안 되지만.

주식 계좌를 처음으로 만들었다. 아직 잘 모르지만, 매일 조금씩 유튜브랑 책을 봐야겠다고 다짐하면서. 증권 계좌 하나 만들었을 뿐이긴 해도 시작이 반이라고 하니까. 주식 투자를 할 때는 본인 성격을 아는 게 제일 중요하다고 했다. 투자를 하는 방법에는 정답이 없으니 자신에게 가장 맞는 방법을 찾는 게 좋다던데. 지식이 좀 쌓이면 소액으로 조금씩 연습해 보면서 점점 판을 키우면 될 것 같다.

웹툰을 오디오 드라마 대본화 작업한 게 있는데 다음 주에 드디어 출시가 된다고 한다. 굉장히 유명한 작품이다. 그동안 고생한 게 드디어 나온다는 생각에 정말 기뻤다. 각색작가로서 드라마 극본을 만든 것이지만, 창작을 한 회차도 있다. 하지만 이 작품이 올라가는 곳에는 각색작가 이름이 들어가지 않는다. 꽤 유명한 웹 소설을 오디오 드라마화한 작품도 있는데, 이곳에도 오디오 드라마 극본작가 이름이 들어가지 않았다. 조금 힘이 빠진 게 사실이다. 내가 극본화했다는 걸 아무도 모를 거라는 생각에. 그래도 뿌듯한 건 뿌듯한 거니까. 오디오 콘텐츠 시장이 더 커지고 넓어져서 일이 많이 많이 들어왔으면 좋겠다. 내가 좋아하는 일을 하면 즐겁고, 힘든 게 훨씬 줄어드니까.

요즘은 책장에 있는 책도 조금씩 정리하고 있다. 마음을 좀 정리하고 싶기도 하고 조금씩 비워내고 싶었는데, 그 대상이 책이 되었다. 방 한쪽 면이 전부 다 책장으로 되어 있는데 갑자기 그게 답답하게 느껴진 것이다. 버릴 건 버리고, 중고로 팔 수 있는 건 팔고, 도서관에 기부할 수 있는 것도 분류하고. 도서관에는 보통 출간된 지 5년 이내 책만 기부 가능하다고 한다.

살면서 참 신기하다고 생각되는 것이 있다. 내가 바라는 것들이 딱 5년 후에 실행된 게 많다는 것이다.

예를 들면, 치아 교정을 내 돈으로 반드시 하겠다고 했는데 정말 5년 후에 교정을 시작했고, 예전에 군대에 지원하겠다고 일기를 쓴 적이 있는데, 실제로 지원해서 시험도 보고 합격도 해봤고, 목소리 쓰는 일도 해보고 싶었는데 인터넷 방송도 하고 있고. 그럼 지금으로부터 또 5년 후에는 뭘 하고 있을까?

5년 후의 나에게 하는 한 마디.

넌 지금 진짜 잘 살고 있어! 알지? 그때도 잘 살자!

어제는 동생이 갑자기 톡으로 사진을 보내왔다. 2016년에 동생과 함께 둘이서만 목포 기차여행을 갔을 때 사진이었다. 보자마자 감동이 밀려왔다. 당연한 말이겠지만, '우리들'은 같은 세상, 같은 시간에 살고 있으니까. 새삼 신기하고, 그래서 고맙고.

쓰고 보니 일본 애니 대사 같다.

私たちは同じ世界、同じ時を生きているから。
[와타시타치와 오나지세카이, 오나지도키오 이키테이루카라.]

우리는 같은 세상, 같은 시간을 살고 있으니까.

'우리'가 함께 살고 있어서,
그래서 난 행복하다.

"
우리가 함께 살아가는 중이어서 행복해.
진심으로.
고마워.
"

중학교 때 이야기를 하던 중이었다. U는 이렇게 물었다.

"지금까지 연락하는 친구, 누구 있어?"

우리가 공통적으로 아는 친구 중에 지금까지 계속 연락하는 사람은 모모, 그리고 여자애 한 명 더 있었다. 그 외에는 나도 모르겠다고 했다.

이번엔 내가 U에게 물었다.

"넌 연락하는 친구 있어?"

"아니. 너밖에 없지."

피식 웃고 말았다.

"다들 보고 싶네. 방송부 친구들도."

"그러게. 다들 어떻게 사는지 궁금하긴 하네."

전에는 부모님께서 오랜만에 만난 동창들이나 친구들 얘기를 하실 때마다 왜 그렇게 반가워하시는지 몰랐는데, 이제는 알 것 같다. 같은 공간에서 같은 시간을 보낸 인연이니까. 아련해지고 궁금해질 수밖에 없는 거였다. 어쩌다 경조사로 인해 만나게 되면 반가울 수밖에.

요즘 아이들이 부러운 것 중 하나는 스마트폰을 초등학교 때 갖게 된다는 것이다. 폰 번호만 바꾸지 않는다면 쉽게 연락할 수 있고(아니, 번호를 바꾸더라도 SNS를 통해 쉽게 연락할 수 있다), 게다가 페이스북이나 인스타그램 같은 것을 통해 디엠(다이렉트 메시지)을 쉽게 보낼 수 있는 세대다. 그게 제일 부럽다.

연락이 끊어진 친한 친구들을 이따금씩 떠올린다. 이제는 과거형으로 말해야 할까? 연락이 끊어진 지 오래되었으니까. '친했던' 친구들일까.

그전에 '친하다'의 기준은 뭘까. 서로가 서로를 얼마나 생각하는지에 대해 표시가 확실하게 된다면 속 시원할 텐데. 연애도 그렇고, 우정도 그렇고, 상대에 대한 마음의 차이가 크면 클수록 서운함이 커지는 것 같다. 수치가 표시되어 마음의 양을 비슷하게 맞출 수 있다면 마음고생을 덜 해도 될 텐데.

나도 엄청 보고 싶은 친구들이 있다. 누군가는 이사

를 가고, 누군가는 전학을 가서 연락이 차츰 줄어들다가 끊기고, 누군가는 대학을 지방으로 갔다는 사실이 부끄러웠는지 갑자기 잠수를 타고……. 다양한 이유로 사이가 멀어진 친구들. 지금 대체 어디서 어떻게 살고 있는지 소식이라도 알 수 있다면 좋겠다. 어느 날 갑자기 연락이 오지 않을까.

이 이야기를 최근에 대학 친구에게 했더니 놀라워했다.

"응? 계속 연락 오길 기다린다고?"

"어. 아직도 기다려. 난 번호 바꾼 적이 없어서."

"와……. 순정파다. 순정파."

아, 그런가? '순정파'라는 단어에 웃음이 나오고 말았다. 소식이 끊긴 이후로 계속 그러고 있는 걸 어떡하겠는가. 많이 보고 싶은걸.

각인된 그리움이 여전하다.

만나게 된다면, 우리의 첫마디는 뭘까.

“

친구야

어디서 어떻게 지내고 있니?

많이 보고 싶다.

만나면 꼭 끌어안고 싶을 것 같아.

계속 연락 기다릴 거야.

언제든 연락해 주면 좋겠어.

난 계속 여기 있을게.

”

인생은 끝을 알 수 없는 장거리 마라톤처럼 고통이고, 힘들고, 어렵고, 잘 안 풀리지만, 그래도 한 걸음 한 걸음이 모두 모여서 귀한 시간이 되고, 의지가 다져지고, 체력이 길러지는 법이다.

커피를 다 마셔갈 즈음, 난 U의 목표가 그대로인지 궁금해 물어보았다.

"엥? 내 목표가 뭐였지?"

"수녀님들이 그리 먼 존재가 아니라는 걸 알려주고 싶다고 그랬는데. 많은 사람들에게 다가가고 더 많이 만나고 싶다고."

그러자 U는 그 목표가 그대로라고 대답했다. 그러면서도 놀랐다.

"뭐어? 내가 그런 말을 했단 말이야?"

"응. 말했으니까 내가 알지. 그래서 그 목표 그대로냐고 물은 건데."

"와……. 나 진짜 당찼네. 수녀원 들어가기 전부터 그런 말을 했다니. 놀라운데. 그걸 기억하는 너도 놀랍다."

"새삼 뭘 놀라?"

우리는 같이 키득거렸다. 첫 생각이 끝 생각과 비슷한 게 사람이니까. 중간에 바뀌기 힘들다는 것도.

나도 고백하자면, 내 목표도 그대로다. 어렸을 때부터 많은 글을 쓰고 싶다는 것. 그 글로 인해 사람들이 따뜻함을 느꼈으면 좋겠다는 것. 인간이란 어차피 외로운 존재이지만 그 외로움을 인정하고 함께 더 잘 살아봤으면 좋겠다는 것.

볼빨간사춘기의 노래 「나의 사춘기에게」를 좋아한다. 도입부를 처음 들었을 때 코가 시큰해지더니 가사에 감정이 이입되어 버려서 눈물을 쏟았다. 가사에 나온 것처럼 '그래도 난 어쩌면 내가, 이 세상에 밝은 빛이라도 될까 봐' 살아가고 있는지도 모르겠다.

목표가 있어서

매일매일 걸어갈 힘이 생기는 거라고.

조금씩이라도 힘을 내고 있는 거라고.

그 조금 조금이 모여

지금의 내가 되어 있다고.

“

우리, 계속 잘 나아가 보자.

우린 잘할 거야.

잘할 수 있어!

그렇게 믿자.

”

배려의 크기

회사를 다닐 때는 다음 세 가지를 필수로 고려해 봐야 한다.

일, 급여, 사람.

하나 더 추가해서 통근 시간까지 고려하면 더 좋고.

각각 만족도 상중하上中下를 매겨보자. 세 가지 모두 상上을 줄 정도로 만족한다면 최고의 직장이다. 두 가지만 상上이 나온다면 꽤 괜찮은 곳이다. 단, 세 가지 중에서 단 하나라도 '하下'가 나온다면 고민의 시작인 것 같다.

내가 지금 다니고 있는 회사는 정말 좋다. 고진감래苦盡甘來라고 해야 할지, 전화위복轉禍爲福이라고 해야 할지. 이럴 때 쓰이는 말인지 모르겠지만 앞서 다녔던 회사들에서는 마음고생 한 기억이 너무 큰데 현재 회사는 만족도가 높다. 함께 일하는 사람들이 너무 좋아서. 운이 좋았다. 어디서든 제일 어려운 건 '사람'이니까. 내가 직접 컨트롤할 수 있는 부분이 아니라서. 어떤 사람들을 만나게 되는지는 그저 복에 맡겨야 할 뿐이라서.

실은, 입사 초기에는 이 회사에서도 점심시간마다 눈치를 봤다. 내가 밥 먹는 속도가 워낙 느리기 때문이다. 원래는 먹는 속도가 웬만한 남자들보다도 더 빨랐는데, 언제부터인가 제대로 못 씹어서 소화불량에 시달리기 시작하자 천천히 먹는 게 습관이 되어버렸다. 혼자서 밥을 먹을 때는 조금씩 정말 꼭꼭 씹어서 천천히 먹다 보니 1시간을 넘기기도 한다. 이렇다 보니 회사에서 점심시간마다 다른 사람들 눈치를 안 볼 수가 없었다. 점심밥을 먹은 후 체한 적도 많았다.

아무튼 나는 다른 사람들 먹는 속도를 유심히 관찰하곤 하는데, 하루는 관찰하는 걸 잊어버렸다. 그날은 육개장 집에 간 날이었다. 다른 분들은 다 먹었는데 난 아직도 반도 넘게 남아 있었다. 아차 싶었다.

이럴 때면 마음속으로 고민을 하게 된다.

선택지는 두 개.

숟가락을 내려놓는다. (=음식을 남긴다=포기한다)

또는,

남은 음식을 최대한 빨리 입에 욱여넣는다.

보통 때는 후자를 선택하곤 한다. 음식을 남기면 아깝다고 생각하기 때문이다.

남은 밥을 육개장 국물에 다 말아서 급히 떠먹기 시작했다. 그런데 음식이 뜨거워서 빨리 먹을 수가 없었다. 나 하나 때문에 다들 기다리면 미안한데……. 점심시간도 쉬는 시간인데. 그래서 내가 이렇게 말했다.

"죄송해요. 제가 먹는 속도가 느려가지고……. 먼저 사무실 들어가세요."

그러자 한 분이 이렇게 말씀하셨다.

"아니에요. 천천히 드세요."

"다들 쉬셔야 하는데 점심시간 제가 뺏는 것 같아서요. 먼저 가시면 저도 곧 들어갈게요."

그러자 다른 분도 이렇게 말씀하셨다.

"아이고, 정말! 배려심이 너무 큰 거 아니에요? 빨리 먹으면 체하니까 천천히 드세요."

웃으면서 다들 그렇게 말씀하시는데……. 그 말이 너무 고맙게 남았다. 다른 회사에서는 한 번도 못 들어본 말이었다.

말 한마디에 '좋은 사람들'이라는 게 느껴졌다. 물론 혼자 너무 느리게 먹으면 민폐라는 생각은 여전하다. 그래서 매번 다른 사람들의 식사량을 확인하며 먹고 있긴 하지만, 예전만큼 눈치를 보진 않게 되었다.

며칠 전에는 출근했을 때 "으, 배고파……"라고 중얼거린 적이 있었다. 한 분이 그걸 들으셨는지, 내가 잠깐 자리 비운 사이에 삶은 고구마를 내 책상 위에 올려놓고 가셨다.

'어라? 누가 고구마를 놓고 갔지……?'

잠시 두리번거리다가 추측되는 분의 얼굴을 바라봤다. 나와 눈이 마주치자 씩 웃어주셨다. 나도 덩달아 미소를 지었다. 아침부터 고구마 껍질을 까면서 행복했다. 고구마가 손톱에 잔뜩 끼어가는데도.

또 하루는 일하다가 당이 딸려서 왼손으로 머리를 괴고 있었는데, 옆자리 앉은 분이 갑자기 내 책상 위에다가 쿠키를 슬그머니 들이미는 것이다. 순간 '엥?' 싶었는데 눈이 마주쳐서 둘 다 풉-, 하고 웃음이 터졌다. 몰래 놓으려고 한 것 같은데 내가 바로 발견해 버린 것이다. 이렇게 좋은 분들 만나려고 이전 회사들에서 그토록 힘들었던 거였나.

이 일들을 소확행 리스트에 추가하기로 했다. '소확행'이 아니라 '대확행'이라고 바꿔야 하는지도 모르겠다.

작아 보이는 것들이 절대 작은 게 아니다.

"

작지만 큰 것들,

별거 아닌 것 같지만 별것인 것들,

엄청 큰일인 줄 알았더니 정작 사소한 것들,

가끔 우리는 반대로 여기는 것 같아. 그렇지 않아?

곰곰이 생각해 보고 싶어졌어.

어때, 배려에 대해서 같이 묵상해 볼래?

"

병아리

누구나 있을 것이다. 신입사원이었던 때가. 사회에 첫발을 내딛어보려고 하는, 대학교 5학년 같은 시절. 대학교에서는 분명 고학년, 고학번이었는데 일자리를 구하려고 보면 또 막내둥이가 된다.

그때는 뭘 해도 다 서툰 느낌이 들어서 친한 지인한테 이런 볼멘소리를 했었다.

“저만 자꾸 삐약삐약 하는 것 같아요. 병아리처럼요.”

“당연하지. 병아리니까 삐약삐약 해야지.”

“네?”

“닭이 삐약삐약 하겠어? 지금 병아리니까 삐약삐약 하는 거야.”

“아…….”

"많이 삐약삐약 해. 나중에 꼬끼오 해야 하니까."

"네!"

맞춤형 설명에 웃음이 나와버렸다. 귀엽고도 깊은 설명이었다. 역시 연륜은 쉽게 따라갈 수 없는 건가.

며칠 전에 입사한 신입 직원이 있다. 대학교 졸업 후 첫 취직이라서 애기애기하고 병아리 같다. (나도 첫 회사에서 저렇게 보였을까?) 어쩌다 보니 내 옆자리에 앉게 되어서 첫날부터 많이 챙겨주기로 마음먹었다. 직속 선임 같은 건 아니지만 그래도 옆에 있으니 잘 챙겨주고 싶었다.

솔직히 말한다면, 나는 첫 번째 회사에서 아무도 챙겨주지 않아 고생했던 기억이 크다. 물론 이 세상 혼자 살아가는 건 맞지만 '아무것도' 모르는데 '아무도' 안 알려주니까 악순환이었다. 직속 선임 분도 날 거의 방치하신 바람에 입사 첫날부터 계속 헤맸다. 밤에 혼자 남겨진 채 한 시간 가까이 군기(?) 잡혔던 최악의 날도 기억에 생생히 남아 있고. (그날 택시 타고 퇴근하면서 꺼이꺼이 울었다. 난 왜 이렇게 운 사건들이 많이 기억나는 걸까?) '나중에 내가 선임이 되면 신입사원들 꼭 잘 챙겨줘야지' 하고 굳게 다짐했는데, 그걸 이제는 제대로 실천할 수 있게 되었다.

그저께는 '이 신입이 내가 진짜 많이 예뻐하고 있다는 걸 알았으면 좋겠다'라고 속으로 생각했는데, 대화 중에 "정말 항상 감사하다"는 메시지를 보내오길래 '오! 알긴 아는군!' 하고 내심 뿌듯해하며 이렇게 답장했다.

— 고마우면, 나중에 선임이나 선배 직원이 되었을 때 신입분들 많이 챙겨주면 돼요.

— 배워서 저도 똑같이, 선배님이 해주신 것처럼 해줄 거예용!

갑자기 튀어나온 '용'체가 넘나 귀여워서 빙그레 미소가 나왔다.

회사 생활이 이렇게 훈훈하면 좋을 텐데. 인생의 1/2에서 1/3 정도를 차지하는 회사 라이프가 조금만 더 즐거워진다면 모두가 좀 더 살 만한 세상이 될 텐데.

그나저나 지금 나는 "꼬끼오"를 잘하고 있는 걸까?

아, 아직 멀었나.

삐약삐약과 꼬끼오 사이에 있는 것 같다.

차근차근 성장하는 중이라고 믿는다.

"

꽃마다 피어나는 시기가 다르듯이,

"꼬끼오" 하는 시기는 모두 다 다른 거니까,

조급해지지 말자.

"

두 번째 가출

사실 며칠 전에 게스트하우스를 예약하고 집을 나왔다. 출근은 해야 하니까 멀리 가진 못했지만 집을 좀 벗어나고 싶었다. 글도 써야 하고 블로그 관리도 해야 하고, 집중할 게 정말 많은데, 집에 있으면 가족들이 시시때때로 말을 거니까 진짜 미칠 것 같았다. 주말에 쉬지 못하고 있었다. 한동안 말을 안 하고 지내고 싶은데……. 가만히 있고 싶은데 계속 잔 지진이 일어나서 어지러운 기분이었다. 게다가 방문을 닫아도 온갖 소리가 다 들려오니까 집중이 하나도 안 되고. 그래서 딱 닷새 정도만 집을 떠나서 지내보려고 마음을 먹었다.

캐리어를 끌고 게스트하우스에 체크인하자마자 천

국에 온 느낌이었다. 시설은 둘째치고, 아무도 나에게 말을 걸지 않으니까 고스란히 체력이 모아지는 기분.

말수가 지나치게 적은 게 회사 생활에는 도움이 전혀 되지 않는 것 같아서 외부에서는 말을 좀 늘리긴 했지만, 늘리는 것에도 한계가 있었다. 인터넷 방송을 하기 위해서도 말을 늘리는 연습을 했는데 그럼에도 여전히 말수가 적은 편이다. 방송을 끄고 나면 지쳐서 아무 말도 못 할 정도니까. 차라리 톡이나 메시지는 글이라서 괜찮은데……. 말은 왜 이렇게도 힘든 건지. 마음에 여유가 없고 피곤할 때는 더더욱 힘들다. 뭐, 내가 이렇게 태어난 걸 어떡하겠는가.

수녀원에서 U도 그랬을 것 같다. 말을 안 해서 편했을 것 같다. 하루 종일 침묵을 지키며 기도만 하면 누군가는 답답해서 속이 터졌을지도 모른다. 그 답답함 때문에 중간에 그만둔 분도 있을 것 같다. 하지만 U는 전혀 답답하지 않았을 것이다. 말을 안 해도 충분한 사람이니까. 기도하는 시간이 제일 마음 편했을지도 모르겠다.

물론 내가 늘 침묵만 지키는 건 아니다. 좋아하는 사람이랑 있으면 저절로 말이 나오니까. 내가 말을 많이 한다는 건 상대를 정말 좋아한다는 거다. 이건 U가 제일 확실하게 알고 있다. 우리가 만났을 때는 랩 하듯이 말을 나누기 때문이다.

그러고 보니, 턱뼈 수술 후에 열흘이 넘도록 말을 아예 못했던 적이 있다. 수술해서 제자리로 돌려놓은 뼈가 틀어질까 봐 입이랑 턱을 아주 꽉 고정했기 때문이다. 의사를 전달해야 할 게 생기면 그때그때 메모지에 글자를 써서 내밀었다.

말을 아예 안 한 지 닷새쯤 되었을 때 엄마는 "농인 자식을 둔 부모의 심정을 알 것 같네"라고 하셨고, 아빠는 "소통이 안 되니까 거 되게 답답하구만"이라고 하셨다. 그런데 정말 죄송하게도, 나는 그때 진짜 편했다. 합리적(?)인 무응답이 가능한 시기였으니까.

퇴원 후 첫 주에는 아예 말을 못했고, 그다음 2주차 때에도 입을 거의 벌릴 수 없어서 "으으" 하는 소리만 겨우 낼 수 있었다. 입이 고정되어 있으니 당연히 밥도 못 먹었다. 약은 반드시 먹어야 했는데, 가루로 된 약을 물에 녹여서 입 틈새로 겨우겨우 마셨다. 3주차쯤 되었을 때에는 모음 정도만 발음할 수 있었던 것 같다.

어쨌거나 그 시기에 확실히 깨달았다. 난 열흘 넘게 말을 안 해도 답답하지 않다는 것을. 통증 때문에 힘들긴 했지만 나름대로 충전하는 시기였다.

현재 시간은 밤 11시 22분이다.

오늘은 아침부터 단 한마디도 안 했는데, 방금 게스트하우스의 주인분께서 앙버터빵이랑 딸기를 주셔서 오늘 처음으로 말을 하게 되었다. 밤에 이렇게 간식을 챙겨주시다니! 덕분에 오늘 나의 첫 목소리는 "허! 이게 뭐예요? 감사합니다!"가 되었다. 내가 예약한 방에는 테이블이 따로 없어서 계속 거실 테이블에 앉아 있었다. 하루 종일 노트북과 씨름하는 모습이 조금은 안쓰러워 보였을까.

"시은 님이 이렇게 계속 글 쓰시는 거 보니까 저 완전 자극받았어요."

"좋은 자극인 거죠?"

"그럼요! 정말 감사해요."

"저야말로 감사해요. 간식 잘 먹을게요."

"냉장고에 있는 과일들도 드셔도 돼요. 파이팅이에요!"

이곳의 주인은 젊은 여성분이다. 운동을 하시는 분이라서 곳곳에 요가 매트랑 아령이 있고, 냉장고에는 건강에 도움이 되는 먹거리들이 가득했다. 다음에는 본인이 진행하는 요가 수업에 놀러 오라고 하셨다. 꼭 참여하고 싶어진다. 가게 되는 날, 조용히 간식을 드리고 와야겠다. 간식의 선순환은 이렇게 이루어지게 되는구나.

때로는 말보다 간식이 더 큰 힘이 된다. 힘들 때 맛있는 걸 먹으면 힘이 날 수밖에 없는걸!

“

너에게 힘이 되는 무언가를 선물해 주고 싶어.

깜짝 선물로 주고 싶어.

주는 사람도, 받는 사람도 행복해질 수 있는 걸로.

”

사랑한다는 말

U는 평소 "사랑해"라는 말을 자주 쓴다. 가족들에게도, 친구들에게도.

난 어렸을 때는 너무 간지러운 단어라고 생각해서 누군가에게 이 말을 들으면 어떻게 해야 하는지 몰랐다. 그렇지만 이제는, 듣기만 해도 포근한 구름에 둘러싸이는 기분이라 마음이 보드라워진다. 지금도 간지러운 건 사실이지만, 이 세상의 표현 중 가장 직설적이면서 가장 마음을 담은 표현이겠다.

사랑을 받을 때의 태도를 보면 사람을 알 수 있다고 생각한다. 사랑이라는 건 당연한 게 아니기 때문에. 그래서 한 사람을 볼 때 '사랑할 때'의 모습 말고, '사랑을 받을 때' 어떻게 행동하는지를 살펴보면 좋은 사람인지 아닌지를 판단할 수 있다.

물론 세상에는 다양한 사랑이 있을 테고, 사랑의 온도도 다를 테고, 크기도 다를 수밖에 없다. 다만 '나'를 사랑해 주는 사람을 자기도 모르게 함부로 대하고 있는 건 아닌지 돌이켜 보는 건 어떨까. 더 많이 사랑하는 쪽이 손해라는 말도 있지만, 사랑을 많이 줄수록 오히려 후회가 남지 않는 것 같다. 시간이 지나고서야 알게 되는 거였다. 오히려 '사랑받음'을 당연하게 여길수록 그 사랑을 잃어버리게 되었을 때 고통스럽다. 당장은 느끼지 못할지라도 분명 고통스러울 때가 온다.

누군가로부터 사랑을 받고 있다면 그 이상 사랑해 주고 싶고, 또 사랑받고 싶고, 또 사랑하고, 또 사랑받고, 그런 선순환이 이루어진다면 좋겠다. 또 사랑을 받음에 있어서 절대 당연하게 여기지 않고, 함부로 여기지 않고, 항상 소중하게, 감사하게 여기고 싶다.

그래서 오늘도 사랑한다.

“

시간이 흐르면 흐를수록, 나이가 들면 들수록

네가 참 그립고, 너와의 시간이 그립고,

너와 하지 못했던 것들이 못내 아쉽기만 하다.

아마 앞으로도 하지 못할 거라는 생각이 들지만

언젠가 그것들을 함께할 기회가 온다면

참 행복하겠다.

”

마치며

글을 쓰고 싶다는 생각의 밑바탕에는 이런 마음이 있습니다.

'누군가에게 힘이 되었으면 좋겠다.'

쓰고 싶은 글을 쓰되, 그걸 읽은 이의 마음을 만져 줄 수 있다면 좋겠다고 말이죠. 누군가에게 영향을 줄 수 있는 일은 얼마나 대단한 일이겠어요?

저는 재능이 확실한 아이였습니다. 유치원을 다닐 때에는 일기 쓰는 시간이 너무 즐거워서 시키지 않아도 매일 그림일기를 썼고, 방학 때에는 일기가 밀렸던 적이 단 한 번도 없었습니다. 정말 많은 사람이 "시은이는 작가가 되겠구나"라는 말을 했습니다. 누군가 저에게 꿈이 뭐냐고 물으면 "작가가 될 거예요"라고 대답했습니다. 엄마는 종종 "너 등단하기 전까지는 눈 못 감는다"는 말씀을 하셨습니다. 대학생이 되어 문예창작학과에 입학했음을 말씀드리자 몇몇 선생님들은 "책 언제 나오냐"고 매년 질문하셨습니다.

실은, 그 말들에

눌리고

또 눌려서

갈수록 글을 쓰기가 힘들었습니다.

과중한 기대치가 무겁게만 느껴졌습니다.

어설픈 재능이라고 생각하며 밤새 베개를 적셨던 적도 있습니다. 문예창작학과에 대체 어떻게 입학했는지 의문을 품을 때도 많았고, 글을 기가 막히게 잘 쓰는 학우들을 보면 부러워하면서도 속상해했습니다. 흰 종이를 앞에 두고 끅끅대면서 운 적도 많습니다. 백지의 막막함을 직접 느껴본 적 없는 사람들은 아마 잘 모르겠지요.

지금까지는 다른 사람들의 글을 각색하거나 극본화하고 편집하는 일을 하곤 했습니다. 그 일들도 물론 좋아합니다. 그러다 작년에, 일을 꽤 오래 쉬는 동안 확실한 결론을 내렸습니다.

난 '글'이란 걸 놓지 않고 계속 붙잡고 있구나.
정말 무겁고 싫었다면 놔버렸을 텐데,
난 평생 이걸 하고 싶구나.

이전에 쓴 일기들을 살펴보다가 눈에 띄는 걸 발견했습니다. 정확히 2009년 2월 19일에 쓴 일기입니다.

가끔 그럴 때가 있다. 글을 쓰고 싶은데, 정작 쓸 게 생각나지 않는 그런. 바로 지금. 뭔가 쓰고 싶어 죽겠는데, 신선하게 떠오르는 게 없어서 한 시간을 고민하다가 그 고민 내용을 그대로 이렇게 쓰고 있다. 이 세상 모든 것을 휘어잡아 펜으로 풀어버리는 자세, 어떤 것이든 종이 위에 아름답게도 추하게도 그리는 마법, 그 능력을 가진 사람이 되고 싶은데. 난 아직 멀었는갑다. 하긴, 이제 글을 붙잡고 살 테니, 아니 평생 붙잡고 살 것 같으니까, 조급해질 필요가 없는 게 당연한가. 그냥 웃고 만다.

무려 10년 이전에도 똑같은 고민을 하고 있었던 겁니다. 어이가 없어서 소리 내어 웃었습니다. 고민이란 건 시간이 지나도 변하지 않는 걸까요?

제 글이, 제 목소리가, 제 말이 누군가에게 힘이 되기를. 그래서 그 누군가가 잘되기를. 잘하기를. 당신이 행복한 만큼 저도 행복할 겁니다. 이 행복들은 또 퍼져서 누군가에게 영향을 주겠지요.

마무리를 어떻게 지어야 하나 싶은데, 당신에게 하고 싶은 질문 세 가지가 떠올랐습니다.

하나, 꿈이라는 것을 어떻게 생각하세요?

둘, 최근에 언제, 누구로부터 좋은 영향을 받았나요?

셋, 최근에 언제 행복했어요?

새벽 혹은 혼자 있는 시간에 잘 생각해 보세요. 이 세 가지 질문은 질문할 때마다 매번 다른 답이 나올 겁니다. 안으로 숨어 들어가는 것들을 꺼내봅시다. 그리고 언젠가 저에게도 얘기해 주세요. 함께 나누어 보고 싶습니다. 저는 늘 이 자리에 있겠습니다.

고맙습니다.

우리, 또 만나요.

참!

오늘도 사랑해요.

— 당신에게 선물이고 싶은, 박시은

빛의 속성을 가지고 있는 너에게

1판 1쇄 발행 2021년 11월 11일

지은이 | 박시은

펴낸이 | 이동국 디자인 | 기민주 펴낸곳 | (주)아이콤마

출판등록 | 2020년 6월 2일 제2020-000104호

주소 | 서울특별시 서초구 사평대로 140, 비1 102호(반포동, 코웰빌딩)

이메일 | i-comma@naver.com

블로그 | https://blog.naver.com/i-comma

인스타그램 | https://www.instagram.com/icomma7

ISBN 979-11-970768-3-1 03810

(주)아이콤마는 독자 여러분의 소중한 원고를 기다리고 있습니다.
원고가 있으신 분은 i-comma@naver.com으로 간단한 집필 의도, 목차, 샘플 원고, 연락처를 보내주세요.
세상에 가치를 더하는 책, 최고의 양서로 독자 여러분과 만나고 싶습니다.